花语草韵

HUA YU
CAO YUN

雪竹／著

天津出版传媒集团
百花文艺出版社

图书在版编目（CIP）数据

花语草韵 / 雪竹著. -- 天津 : 百花文艺出版社，2023.4
ISBN 978-7-5306-8433-7

Ⅰ. ①花… Ⅱ. ①雪… Ⅲ. ①散文集—中国—当代
Ⅳ. ① I267

中国版本图书馆 CIP 数据核字（2022）第 202673 号

花语草韵
HUA YU CAO YUN
雪竹　著

出 版 人：薛印胜　**责任编辑：**魏　青
装帧设计：谢蔓玉　**特邀编辑：**韩玉龙
出版发行：百花文艺出版社
地址：天津市和平区西康路 35 号　**邮编：**300051
电话传真：+86-22-23332651（发行部）
+86-22-23332656（总编室）
+86-22-23332478（邮购部）
网址：http://www.baihuawenyi.com
印刷：涿州市荣升新创印刷有限公司
开本：880 毫米 ×1230 毫米　1/32
字数：174 千字
印张：6.75
版次：2023 年 4 月第 1 版
印次：2023 年 4 月第 1 次印刷
定价：59.80 元

如有印装质量问题，请与涿州市荣升新创印刷有限公司联系调换
地址：涿州市百尺竿镇毛家屯工业区中心路 3 号院
邮编：072750

万物有灵，花草是人类的衣食父母，也是人类最好的朋友。莳花弄草可以舒缓人的疲劳，可以疗愈受伤的心灵，可以提振人的精神。其乐无穷，其乐融融。

雪竹

序 / 且细听花草呢喃

聂鑫森

提起明、清两朝的文学成就，当属小说的波澜发展。殊不知明、清小品，也是精美散文的另一称谓，其发展更是姹紫嫣红、仪态万千，其影响一直延续到当下，步其后尘者多矣。

何谓“小品”？古人在翻译来自印度的佛经时，将详译或全译的大著长篇称为“大品”，节译或原本短小的经文称为“小品”。第一本以“小品”命名的精短散文集是《苏长公小品》，为明万历年间编选、出版的苏东坡游记、题跋、抒情散文的集子。此后，明、清文人把表现日常生活情趣、抒写性灵的散文短制汇聚成集，以“小品”命之，如《皇明十六家小品》《涌幢小品》等等。

学者陈士彪在“明清闲情小品”丛书之一《花鸟虫鱼》的前言中说：“明清闲情小品，是一片足以让人流连忘返、赏玩不尽的幽谷芳林，而其中最能表现明清文人精神世界和美学理想的，恐怕莫过于有关‘花鸟虫鱼’的部分了。”他还说，“大自然中和人最为贴近、最与人相融相乐的，却无过于花鸟虫鱼了。……在赏花听鸟、玩虫观鱼之中体会到了生命的闲适和精神的超越。”

在现当代老一辈作家中，写此类闲情小品且得到广大读者赞誉的，同时也是我最喜欢的作家有两位，一位是周瘦鹃，一位是汪曾祺。周瘦鹃不但是名作家，亦是颇有造诣的园艺家、盆景家，他栽花侍草，心志高逸，曾出版《花前琐记》《花前续记》《花前新记》《花花草草》等小品专集。汪曾祺的散文中，谈吃谈戏谈山水谈花花草草的篇目也很多，他的《果园杂记》《葡萄月令》《人间草木》《紫薇》等，都是脍炙人口的好作品。

在中青年作家中，喜欢写花草虫鱼的越来越多。其原由之一是改革开放带来了生活的富足与幸福，登山涉水、赏花看树、吟风弄月成了工作之余的精神享受；之二是读书之风日渐炽烈，造就审美情感和价值取向的纯正，他们有才情，也有能量来寄情山水、庭园、花树、果蔬并行之以文，而且各有各的风姿韵致。

女作家姜满珍就是此中的一位，近日她编就小品集《花语草韵》，嘱我写序，前面的话便是开篇。

《花语草韵》共分四辑：写庭院的“小园香径”，写树木的“枝繁叶茂”，写瓜果的“瓜果飘香”，写花草的“花团锦簇”。

读完全书，我感觉到的是她对树木、瓜果、花草，以及由这些植物装点的庭院，源于血脉骨气的挚爱，绝不是一时兴起偶尔为之，更不是佯装风雅聊作点缀。正如《痴迷植物》中所披露的心迹：“我从小生活在农村，耳濡目染父母亲与哥哥嫂嫂们‘日出而作，日落而息’地为植物（稻谷、蔬菜等）的成果而劳累；看到父亲卖菜空箕而归的那份喜悦；看到妈妈割芦苇扎扫帚不小心被荆棘刺得伤痕累累；看到哥哥卖木材赚到钱的兴奋；看到嫂子割稻谷、扯秧、插田动作之迅速……这些都让我对植物心存感激之情。”这种不改的初衷，造就了她对生活的无怨无悔，即便离开乡村进了城，成为国家机关的工作人员，依旧眷恋那块生养她的土地，眷恋如同知己的各种植物，不但倾心相待，随时随地品之赏之，而且亲操锄耙，在自家庭院种之侍之，呵护有加。“每天起来，看着自己插植的‘小生灵’长出一个新芽、亮出一片新叶、冒出一颗花苞、绽放第一朵花儿，那种欣喜，是发自内心深处的。”（《种花种草的那些事儿》）

她写树、花、果、蔬（包括野菜），如写朝夕相处的佳侣良朋，体察细腻，故其声、形、色、香之美无不传神。同时，熟谙其性其质，也使她得到心灵的感应，受到熏陶与启迪。

“一花一世界，一叶一菩提。办公室的牵牛花，在我疲倦时，望着它，瞬间神清气爽；在我心绪不佳时，再看看它，便感恩知足。”（《办公室的牵牛花》）

“它耐旱亦耐涝，生存能力强，农田、路旁、旱地、菜地都有它们顽强的身影。它们可以扦插、种子培植。如果你有雅兴，也可以将其移栽在家里，放在有阳光照射的地方作为盆景欣赏。它的淡雅、清香和俊秀，定将激发你淡泊名利、宁静致远的情怀。”（《青青马齿苋》）

“在钢筋水泥的城市森林，一朵花，一棵草，一株树，就足以宣告春光的莅临，就足以抵达心灵的深处，就足以阐释人生的美好。”（《我家的柚子树》）

清人张潮在《幽梦影》中说：“梅令人高，兰令人幽，菊令人野，莲令人淡，春海棠令人艳，牡丹令人豪，蕉与竹令人韵，秋海棠令人媚，松令人逸，桐令人清，柳令人感。”其说的是花草树木对人的立志、抒情以及审美作用。反过来说，人的纯朴、自然的高怀雅趣，亦赋予它们别有的姿仪、性灵。这两者之间的微妙关系正如李白诗云：“相看两不厌，唯有敬亭山。”

这些年来，姜满珍读书很勤奋，文中随处可见其文学功力，文史掌故、植物知识、诗词堂奥，随手拈来，点缀于文中，这使得文脉厚重而流畅，趣味盎然。

让我们亲近大自然，与树木花草结缘，使生活环境流光溢彩，令精神境域莺飞草长、杂花生树！

这大概是此书中花言草语的殷殷意旨！

是为序。

（聂鑫森，中国作家协会会员、湖南文史研究馆馆员）

contents

目录

第一辑 小园香径

第二辑 枝繁叶茂

第三辑

瓜果飘香

第四辑

花团锦簇

第一辑　小园香径

我的『三合一』小花园

出生于农村的我，从小在“植物王国”中摸爬滚打，对大自然的花草、树木以及田间的秧苗、蔬菜有着不同于城里人的情感。这种情愫影响着我的方方面面，甚至在买房的时候，我都首先会考虑到那儿方不方便我种上些植物。

我现在居住的地方让我特别满意的就是在房子旁边有一个赠送的近三百平方米的大露台，这个大露台虽然是我和对门住户共同使用的，但对门的邻居还太年轻，现在没有兴趣也没有精力莳花弄草，因此我利用休闲时间将整个露台装扮成了一个花草、树木、蔬菜“三合一”的小花园。在骄阳似火的夏天，早晚都要浇水半个小时以上，那种辛劳是很多人难以忍受的。因为热爱，所以执着，尽管六七年的清闲时光在播种、培育与收获中悄然“挥霍”，但我始终甘之如饴，在我的小园中悠然自得。

让我爱不释手的花草当属五彩络石，其根、茎、叶都可入药。我与它的缘分是在一次等待朋友时开始的，在等待朋友的间隙，我看见一盆五彩络石被弃于空地上，无人怜爱，当时我在手机上搜了一下，说是可以扦插，于是便捡了一根短短的枝条，回来细心培育，最后竟长成了色彩缤纷、活力四射的植物盆栽。后面我试图再扦插一盆，可惜试了三四次，竟没有一次成功，不知是不是没有第一次用心的缘故。我暗自想着将来如果我再搬新房子，一定把花盆洗干净，把它放在最显眼的位置，让客人们一起分享它“超凡”的风采。

一个月前，我还亲身感受了一次“昙花一现”的神奇。去年我向邻居姐姐“索要”了一株长了一两年却未开花的昙花枝条，她告诉我好好栽培可能明年就会开花。我把它的窝安在了露台上稍微有点阴凉的地方，小家伙也很给力，今年就打了两个花蕾，但就在我欣喜若狂时，不知是被风摇落还是被粗枝大叶的我浇水时碰落，竟掉了一个花蕾，这让我好生心疼，赶紧把它移置靠里边的位置。令人欣喜的是，半个月后，它的花蕾越来越大，我连忙拍照发给文学老师，问她那晚会不会开花，得到肯定的回答后我急忙把它端至书桌上，小心翼翼地，准备到晚上仔细观察。那晚，朋友呼唤散步，我听说昙花是一年可以开一至三次的，以后的机会应该还多，于是就没陪它，随朋友外出了。近十点我回来时，昙花竟然开了！我突然有点懊悔没有第一时间见证它的绽放！昙花的香味充盈了我的书房，花蕾绽放之初有鸡蛋那么大，晚上十二点多时，它的花朵大到了极致，似乎有拳头那么大了。但到了凌晨三点左右，它就开始渐趋枯萎了，到五六点天亮之时，它就已经耷拉成花朵的标本样子了，只是还含有些许水份。见到这，我毫不犹豫地剪下了它，在水里冲洗之后放进了我正在熬的美容粥里，我想换种方式，实现它的药用价值，也算是不枉此遭花开了。自从阅读了万宁主席写的《寂寂昙花半夜开》，让我养昙花的兴趣更浓了，料理得更细致了。早几天，我剪下了它三片老叶子将它们扦插在有“树荫”的花盆里，希望它们能“一生二、二生三、三生万物”，好让它们将我的喜悦与快乐分享给更多的朋友。

在我种植的几棵树木中最让我欣赏的就是柠檬树，那是三四年前我委托侄女在网上购买的，刚买时还不到半人高，我找了一个特大的花盆，里面塞满了空稻谷壳和一些容易腐蚀的肥料，上面还加满了泥土。栽上后天天盼着它长高，它也没让我失望，噌噌地往上长，长到一米多的时候花儿绽放了，长出了清香的、橙黄色的花蕊和紫白色的花瓣。柠檬树第一年仅结了三五颗果实，第二年、第三年逐渐增多，今年更是一个丰收年，估计结了一百多个柠檬，多得让懒惰的我都不想统计了。在还不是“最是橙黄橘绿时”的日子里，我就开始挑选健壮的果实将它们摘下，以便腾出更多的空间和营养留给它的“子子孙孙”。柠檬树是最热闹最让人欢喜的果树，一年四季不断地开花、结果，让我很是心疼地每天给它补充肥料和水份，让我十分自豪的是，即使在那两年冰雪纷飞的日子它也没有离我远去。在冰雪中花朵依然盛开，像雕刻的艺术品挺立在枝头，小果子毫发无损，在春天毅然地继续生长，冰雪中绚烂的花儿则悄无声息地“化作春泥更护花”了。

鸟儿衔来的香樟树种子，使我与好几棵香樟树结下了缘。我将它们好生灌溉，现在长得比我还高，郁郁葱葱。石榴树、梨树也有两三株，大概是我吃了水果将籽放在废弃的水里，水浇在土壤上发芽长成的。那石榴树在早春之时，真是美极了，像一幅水墨画，橙红的芽尖点缀在枝条上，随着时光流逝，渐渐变成浅绿、深绿。梨子树也在一个劲儿地长高，听说以后移栽了还要嫁接才能结果。这些和我有缘的树，我都倍感珍惜，以后还要把它们搬至农村公公婆婆家或大哥家，让它们长成“参天大树”，让它们开花、结果，让它们继续滋养着我和家人们的心灵。

风大的露台上最适合种的蔬菜就是辣椒了，咫尺的菜地里种有王十万乡的黄辣椒、红色的小辣椒以及灯笼辣椒，朝天椒有红色的、淡黄色的、紫色的，短短的、尖尖的，朝着天长去，怪可爱的。一个花盆内往往是辣椒一棵、花草一枝，很多植物都是“见缝插针”地生长，喜阴的植物栽在喜阳的植物下面，喜水的植物栽在一起则相安无事。

多肉植物只要盆内不积水，天天浇也没事的。开过花的植物顺手剪下两寸长的枝条插在土壤里，随它活不活，反正剪下旧枝，新枝花开得更旺，若发了新的植物，又可分享给朋友们，一举两得。还有一种易种的蔬菜就是芋头，随便种下几颗，它就会长出很多细芋头，有足够的土壤和水，它们就会像山里的竹笋般冒出嫩嫩的头，没几天就像荷叶散开的样子随风摇曳了。蔬菜中种得多点的品种是大蒜、葱、韭菜、红薯，这些容易成活，又不易生虫子，不像那些要搭架子的黄瓜、丝瓜、冬瓜类的菜招架不住大风的侵袭，一场大风后，往往是满地狼藉。

今年还发生了一件让我心生遗憾的事儿。可能是我给它们浇了"生肥水"的原因，导致一棵杭州来的紫藤树，一棵送春联时购买的橘子树，还有三五茺泰山来的连翘枝都被我活活折腾而去了。但好在连翘还扦插备用了一份，送紫藤的文友在乡里扦插了紫藤，现已长得高大而蓬勃，等到冬天还可以再弄来几枝扦插。经过这次教训，我特意在网上搜索了"生肥水"对植物的伤害，了解到只有像南瓜这类比较粗犷的植物才能接受"生肥水"，切不能为了图省事，将垃圾和生活用水直接当作肥料，一定要将"生肥水"密封、发酵，然后经过稀释后才能浇到植物上。

年迈的母亲见我每天累得满头大汗很是心疼，总是说：以后别种了，又收获不了多少东西，太辛苦了。其实，母亲不知道在岁月的长河中，植物和我早已是相互成长，相互治愈了。风烛残年的母亲稍微做点费力气的事儿就觉得很累，而我正值精力旺盛的年华，要消耗过多的热量，燃烧多余的脂肪，何况还能收获好的心情，写下些许优美的文字，流点汗水又何妨。而且，在种植物的过程中不断总结经验、积累知识，能让更多的植物在我的花园中茁壮生长，让更多的情谊在我的植物中传递，是件多么有意义的事儿啊。

拯救小植物

一大早下楼，我就看见小区垃圾桶旁放着一个塑料袋，里面放了一棵茶花，还有一株四季常绿的小植物，用识花软件辨别才知道原来那是黄杨。凭我的经验，我想它们还可以活过来，只是叶子缺水卷曲了一点点，带回去先换好盆，剪去枯枝烂叶，再浇点水施点肥，让它们重新长满新芽发出新叶应该是胜券在握的。从小喜欢花草的我，拯救过无数濒临死亡的植物。单位同事快养不活的花草都往我办公室送，仿佛我那里是一个花草回收站。到了春天，我也时常把家中易养易种的植物分享给大家，另外还赠给大家一些花草的种子，在我的影响下，就连喜欢玩牌的男同事也都惹上了“花”，爱上了“草”。

春天，小区楼下时常有被丢弃的大、小绿萝，于心不忍的我常会将它们捡回，旧枝换新土或扦插一些新枝，加上一些新土。经历了一个冬天的洗礼，家中的绿萝也残缺不全了，正好将它们相聚在一起，整装待发，以迎接新的春天。我们家自从有了露台，有了阳光和雨露，就再也没有到花店去买过绿萝，全部自给自足，有时还会赠送一些给朋友。偶尔也能拾到别人扔下的吊兰，吊兰算是世上最好养的植物了，给点水给点土，就不求回报地给你展示绿叶、净化空气。也许有的邻居太忙了，心思没放在这些小生灵身上；也许有的邻居太富有了，成批成量地更换家中的绿植。记得才搬家过来的那年冬天，母亲在楼下发现了一盆很好的柚子树，树身高挑，长在一个青花瓷模样的花盆内，只是叶子落光了，不太精神。出于怜悯，我和母亲费了好大劲才把它抬回了家，放在我家餐厅的阳台上。春天来了，柚子树抽出了崭新的叶子，散发出了特有的清香，让来我家的客人都啧啧称赞，柚子树放家中也能养得这么好！我仅给它点清水，它就连着七个春夏秋冬常绿着，我在想明年春天把它置于室外露台上，不知它能否开花结果？没有尝试过的养花方式都想探究一下，看看能否带来新的收获，对柚子树的成功收留可谓是激发了我拯救小植物的爱心。

记得曾经有一位环卫工人，知道我喜欢养花，也不嫌弃捡花，因此时不时将他捡到的花盆和花置于我家楼栋的门口，见到我时就跟我说一声，没见到人时看到门口的花草我也清楚是他放的，君子之交淡如水，这种往来使得一股感激之情时常在我的血液中流淌。他曾经跟我说过他们也很想读书，只是生活清苦，条件有限，不能任意买书，于是我常常赠送一些书给这些为小区净化环境的工人们，我想他们虽做着粗活儿但心灵是干净、纯粹、值得钦佩的。生活在这样一个有生机有活力、其乐融融的院落中，我的心里似乎天天普照着阳光、滋润着雨露，这点我既满足又感恩。

夏天的一个黄昏时分，我下班步行回家，路过一家门店，外面扔了一棵看似枯死的琴叶榕，我弯腰拾起它，回家换盆、添土、浇水、施肥。不到一个月，它就很努力地向上抽枝，向旁边发叶了。其实买一盆小琴叶榕才十五或二十元，但它不会带给我如此意外的喜悦之情。现在我家中有一大一小两盆琴叶榕，我曾经在网上看到过它们硕大的像小提琴似的叶子舒展在主人家的客厅里，心里羡慕至极，手痒痒的，真想抱一盆回家，考虑它们在冬天生存的适宜温度不能低于五摄氏度，最终还是没敢买。我想我已经有了两株琴叶榕，总有一株会陪着我度过寒冬，迎接新的时光吧。

今年我还捡了一盆用塑料花盆装着的茉莉花，叶子像干菜样，没有丁点儿水分。我剪掉了所有的枯枝败叶，用肥沃的土壤覆盖在它们没有多少“精气神”的蔸子上，每天浇一次水，有时浇两次，偶尔还施点肥，没到半个月的工夫，它们果然冒出了新芽、抽出了新枝！看着它们从死亡线上挣扎着爬起来，擦干伤痕、展示笑脸、舒展经络，重新回归到欣欣向荣的大自然怀抱中，我觉得这种富有挑战性的养花比起买回来开得正旺的花有趣得多，我端详着经过自己亲手挽救过的花草植物焕发出新的生机，脸上常会由衷地绽放出纯真的笑容，恍若自己全身心蓄积了能量对抗着这不可逆转的时光，心静了，岁月似乎也变慢了。

花草扦插趣事

对花草植物的热爱是渗透到骨子里的，几乎童年所有的美好时光除了学校就是田野，记忆里小时候常去长满紫云英的田野里寻“地带草”回来，母亲将它们混合着其他绿色植物煮熟喂猪。借助着植物的力量，父母亲也努力把我们兄弟姊妹四人拉扯大，因此，即便长大了，成人了，参加工作了，也始终离不开花草植物的陪伴。

关于花草不用根就能插活的知识是调回县机关时两位钟爱养花的男同事告诉我的，下乡以后走村串户进农家，到谁家有我没见过的、又能插活的花草，我都会想着“弄点”回来“侍候”，再分享给同事、朋友，在传递快乐中感受生活的美好。后来回城，儿子大了，物质生活殷实了，又换了有阳台、露台的大房子，时间、空间的充裕更加“纵容”了我对花草的痴爱，每天闲暇时光，我都会跑去露台察看我的花草。记得一天早晨，我突然发现我精心扦插的幸福树苗不翼而飞了，便询问八十余岁的母亲，母亲告诉我她以为是去年的辣椒树蔸子，于是拔掉准备栽新的蔬菜了。我怒而不敢言，母亲不理解我内心的执着与热爱，平时总念叨，种那么多花没啥用，还不如多种点菜。无奈的我只好“命令”母亲，下次不要动我的“东西”，母亲连连点头应允，说不再瞎操心。在母亲的指引下，我重新找回了被扔掉的幸福树枝条，重新扦插后每天观察它的动静，虽然第二天一小部分新叶枯萎了，但第三天、第四天直到现在，另一部分新叶依然顽强地活着，它居然没有弃我而去，我想真是神了，这种现象极少见，也许是知道我太爱它们了吧。幸福树曾在我的书房花开数度，受到了众多文朋诗友的赞叹与羡慕，碧绿的叶子，淡黄的花身，清香的气息，坐在它们旁边，品茶论道、吟诗作画，何其美好，幸福之情氤氲而来。

前年在农民家弄来了忍冬花，去年又将它们扦插到婆婆家，肥沃的土地让它们长得“恣意汪洋”，沿着栅栏爬得好远，今年更是开得热热闹闹。天气时常下雨，这可把婆婆急坏了，她忙着把它们烤干，装好，上次回去时婆婆开心地把它们拿出来，告诉我喜欢喝就随意吧，借着婆婆的辛劳，去年、今年我都喝上了新鲜的花茶，清热解毒。公公婆婆乃至我的同学、朋友、邻居都在我的影响下爱上了花花草草，喜欢上了“拈花惹草”，植物的气味不仅影响着我们的情绪，还在无形中减轻烦恼，起到预防疾病的效果，让人一旦喜欢上就舍弃不掉了。这么多年，我一直向往着远方，只因那里有我不相识的植物，有可能与我有缘的花草植物将随我回家！

我喜欢花草，但不喜欢购买茂盛的花草，它们容易由盛及衰，我是不情愿看见它们“日落黄昏”的样子的。我更喜欢陪伴花草植物从一粒种子、一棵芽、一片叶日渐长大成茂密的、生机盎然的一株草、一束花、一棵树，这种“见证”对于我来说更具意义，更像是十月怀胎，让人每天都活在期待，活在希望中。外出游玩、出差归来、下乡回来，我常常会捎上外地的“生灵”回来扦插，家中因此有了紫鹊界的雄黄兰、云南的蔓长春花、广州淡黄色的绿萝、广西的枸杞苗、长沙的吊角梅、蔡皋老师家的牡丹吊兰、农民家的紫色月季……一株草、一朵花、一棵树都有着自己的故事，每当我看着它们，总能如数家珍，回想起这是我和某人在哪里看中的，当时又发生了什么样的事情，这是怎样的一种文化啊。“赠人玫瑰手留余香”“爱出者爱返，福往者福来”，以后我会将自己辛勤培育的花草植物赠送给朋友们回去扦插或播种的。

自种花草，其乐无穷

在景色十分优美的农村土生土长了十五六年，工作后又“接地气”（当乡干部）七八年，养花弄草早已成了我的一种嗜好。

以前住的房子不宜“大兴土木”，现在住的房子足够宽敞，家里逐渐成了我的个人“袖珍”植物园。无论走到哪里，我要做的第一件事就是欣赏别人家的花花草草，有的属于“可远观而不可亵玩焉”的便拍拍照在手机上欣赏，有可欣赏而又易成活（插枝）的花草便请求主人赠我一些好回去培育，这种习惯使得我在工作、休闲之余常有意外的惊喜和收获。

从乡镇调到县城时，两位快退休的男同事给了我很好的插植花草的启蒙教育，一个十多平方米的阳台被他们弄得像个“植物走廊”，有鸡冠花、吊兰、玫瑰……那些花草几乎是没怎么花钱，就连那些盆盆钵钵很多都是旧物利用，茂盛的植物衬托着旧容器倒让人觉得煞是可爱。花草的主要肥料则是喝完茶后的茶叶，茶叶遮盖植物根部的周围，这样既不生虫子又不发霉，且没有其他难闻的味道。在观赏的同时，也修剪一下“黄了”的枝叶，将其剪碎埋在盆子里，“化作春泥更护花”。

我还记得曾经在乡政府工作的岁月，那时常常分享农民家自种的金黄、暗红、紫色、白色的菊花。菊花是菊科菊属宿根草本植物，扦插便能活，且当年春夏扦插，秋冬就能开出灼灼的花来。那种只花费一点力气就能换来赏心悦目的享受令人格外开怀，那种与民同忧、与民同乐的情怀亦能在其中诠释得淋漓尽致。随着工作经验的积累，儿子的长大，生活越来越悠闲，自种花草的雅性越来越浓。来我们家的朋友、客人都羡慕我们家的植物长得好，妈妈的朋友说："这附近从没有看过谁家有这么好的花草，这怕要花好多钱吧。"听了妈妈的转述，我心中窃喜，业余爱好的价值竟然用"金钱"来衡量了。平时躺在卧室看着落地窗外绽放的月季花、花型硕大的绣球花、攀沿在枝条上的丝瓜花，蜜蜂、蝴蝶载歌载舞，带给我美好的一天。

家里大大小小种了三十余盆水培的、土栽的花草，大部分的花草是我自种的，有绿萝、吊兰、滴水观音、铜钱草、月季花、田七、常春藤、菊花、榕树、棕树、富贵竹……看着自己细心种植的"小精灵"，从一丁点儿大，慢慢长出新芽、抽出嫩叶，打出花苞，绽开花蕾直到花瓣飘零，那种欣喜那种兴奋的感受洋溢在身体的每一个细胞。在提土、装盆、栽植、浇水、施肥、拍照、晒朋友圈的种种动作中亦能让你品味劳动带来的喜悦之情，同时也能缓解伏案读书、写文章带来的疲劳。这种使人愉悦、增长知识的爱好将会陪伴我终生。

给植物沐浴阳光

我的“抚云居”工作室在门面一二楼，装修很普通，但绿色植物很特别：高挑的幸福树，硕大的野芋头，蔓延的绿萝，结实的富贵竹，毛绒绒的碰碰香……经过它们的一番点缀，感觉品位高雅很多，拍出来的文化艺术活动的照片魅力指数瞬间上升。

“人养植物，植物养人。”特别喜欢植物的我，一旦有闲暇时间，便喜欢待在工作室，或“涂鸦”一阵，或沉浸地阅读。进门第一件事就是搬出工作室内的盆栽置于室外，让它们吹吹风、透透气，接受阳光的照耀；没有阳光之日，也让它们呼吸新鲜空气，让它们感受更多大自然的恩惠。尤其在持续低温少阳光的日子里，室内的植物像缺了钙似的蔫蔫的，叶片光泽暗淡，瞧得我心里特别难受，像欠了它们什么似的。

冬天，午饭后的阳光威力十足。我稍作小憩或直接躺于工作室内的沙发上午睡，伴着室外沐浴着阳光的植物，一同补充能量，像躺在晒过冬日暖阳的被子里一般温暖舒适；似乎感觉植物在吧嗒吧嗒吮吸阳光，如同婴幼儿体内充盈了各种微量元素噌噌地往上生长。

每当有朋友看见我养护的植物非常茁壮，都“投石问路”地寻求秘诀。我说很容易啊，适当的阳光、水份、土壤（施肥）就可以了，哪怕是喜阴的植物也需要偶尔接受阳光短时间的照射。喜阳的植物更不用说了，而且要不厌其烦地重复这些行为，不能懈怠，不能疏忽，不能时冷时热，否则植物们便用“以死相逼”来回报你。

有时我其实不想待在工作室时间太长，但想想冬日的阳光难得那么温暖、火辣，为了我心爱的植物们能够健康茂盛地成长，我必须借助阳光、空气给予他们更多的“关爱”，于是拒绝了些许没有多少意义的社交娱乐活动，安安静静地、心无杂念地待在工作室里“提升”自己，就这样陪伴植物的行为“迫使”我养成了淡泊名利的心境，看淡世俗的繁华，心无旁骛地读书习文、饮茶练字，慢慢地结交了更多志趣相投的友人。这似乎最能印证“植物养人”的说法吧。

喜欢它，并且愿意为它付出，这才是真正意义上的喜欢，对物如此，对人亦然。

痴迷植物

一次和同事们去一个遭遇重大不幸的家庭中看望朋友，一进家门，寒暄慰问之余，便习惯性地观赏他人家里的花花草草，我感觉他们“家徒四壁”，没有找到哪怕是一根有生命力的无名小草，心里在惋惜：为什么男女主人公都不愿意种上几盆植物。在我心中，花草是一个家庭中除人或宠物以外最有生命力的象征，象征一个家的生机，是男女主人公热爱生活的表现之一，也是家庭成员闲情逸致的凸显……多年来我对家中养植了些许花草的主人们特别感兴趣，甚至主动加微信，交流养花心得或换取残缺品种，这也许是“物以类聚、人以群分”吧。我经常建议朋友：下次搬新家一定要在家中多养几盆花草，花草具有生发的力量，能够兴旺家财。我知道这是唯心的，但我喜欢一个家充满了生气和蓬勃的力量，人生活在这样的空间，一定正能量十足，心情每天都是开心、愉悦的。

我从小生活在农村，耳濡目染父母亲与哥哥嫂嫂们“日出而作、日落而息”地为植物（稻谷、蔬菜等）的丰收而劳累；看到父亲卖菜空箕而归的那份喜悦；看到妈妈割芦苇扎扫帚不小心被荆棘刺得伤痕累累；看到哥哥卖木材赚到钱的兴奋；看到嫂子割稻谷、扯秧、插田动作之迅速……这些都让我对植物心存感激之情。我觉得当农民不可怕，只要你勤劳总会有收获的，在这种苦中作乐的家庭中成长的我，对很多“活儿”都不那么惧怕了，尤其是进城以后，养花种草这样的“粗活儿”根本不在话下。

南宋词人徐照曾写到：“初与君相识，便欲肺肠倾。”真正对“莳花弄草”兴趣十分浓厚始发于从乡镇调到局机关时，那时有两个即将退休的男同事，办完公务之时就喜欢在十平方米左右的露天阳台上“捣鼓”着花草，剪枝、施肥、捉虫子、扦插，那份神情和专注吸引了当年才三十岁的我。从他们的口中我才知道很多植物的力量是神奇的，没有一丁点儿根，插在土里，浇上水它就能活下来。茶叶水、花生壳、植物叶子等只要能腐烂的东西就能“化作春泥更护花”。

这些养花知识的普及让我现在成了单位同事、朋友中的养花高手，大伙儿养不活的植物往我这一扔，三五天或一个星期左右保准它能神采奕奕地展现在我的手机屏幕上，让大家啧啧称赞。办公桌上、椅子旁边都放着我捡来“医治”的花草植物，我家更是成了一个小型植物园。东边阳台捡了邻居扔弃的柚子树，当时光秃秃的，因它长在一个青花瓷的大花盆上，年长的母亲发现了“新大陆”似的告诉我，我们母子俩将它搬回家。浇水、施肥，悉心呵护，现在都快三年了，亭亭如盖，锃绿锃绿的，透过太阳散射的光芒，它的身影更俊秀了。南阳台有十多米长，摆满了六七个品种的兰花，有墨兰、剑兰、寒兰、春兰等。一盆兰花抽两个箭，开十几朵花可以让主人炫耀三个月；有富贵树，结满了大红的富贵籽，点缀在墨绿的叶子丛中，老的果实还悬挂在枝头，新的花儿又热热闹闹绽放了；有朋友不要的发财树，伞状的叶子噌噌地张扬着；有象征着财富的金钱树，两棵都是朋友从网上购买的，还开了两朵乳白色的花，我将它们配上雅致的花盆，档次倏地上来了；有侄女送我的一盆栀子花，花朵儿大、花朵儿香，纯白色的，开了几天的花会由纯白变成淡黄色，其香味溢满了书房；最重要的是有几盆自己扦插的月季花，开出的花橙黄橙黄的，簇簇挤挤像赶着趟儿似的给主人带来好心情，这几盆月季与我结缘亦有两三年光景，每年开花三次以上；还有一盆扦插的绿萝，放在空调上方，藤蔓顺着书柜一路长过去，为书香气息增添了更浓的情趣，搬家五年来它从未枯萎过，且生命力依然旺盛，让众多文友纳闷不已，甚至怀疑它是假的；绿中带紫的观叶植物吊竹梅、水养的铜钱草、风姿绰约的幸福树、惹人怜爱的文竹……它们都在我家宽敞的阳台上葳蕤着，和我做着心灵相惜的伴侣。

我现在很热衷于扦插植物，去年秋冬之时，我在阳台上插了绣球花、金银花、三角梅、茶花、茉莉花，经过大半年的考验都已经成活了，前两种都开花了，那种兴奋之情不亚于自己读书时考出了好成绩。在实践与摸索中获得了更多的养花知识，分享了枝条给朋友们，让大家都来享受这种人与自然接触的快乐。

人养植物、植物养人，据医学界研究现在有植物疗法之说。现实生活中确实如此让人心旷神怡：在艳阳高照之日它们神采飞扬；在阴雨绵绵、天寒地冻之日，它们依然焕发盎然生机，引领着主人天天神清气爽。除严寒酷暑之日室外天天浇水外，其他季节三五天乃至一个星期浇一次水，都不会影响它们的生长。每天起床、每天下班，我都会在这些植物面前端祥片刻，和这些不能言语的生灵们进行交流，分享它们从“幼小”到“成年”的喜悦，从发芽到抽穗到开花甚至结果的快乐。有它们的陪伴我丝毫不曾感到孤单，每天忙碌而充实，每天内心欢喜、神情笃定，过着凡尘生活中的田园生活，我想虽不出门，亦能感受到诗和远方的意境。

种花种草的那些事儿

今生最爱“拈花惹草”，喜欢阅读与花草有关的美文。每到一个地方，总是第一眼就欣赏周边的花花草草，看我是不是都认识……

每天起来，看着自己插植的“小生灵”长出一个新芽、亮出一片新叶、冒出一颗花苞、绽放第一朵花儿，那种欣喜，是发自内心深处的。在朋友圈上转发了很多美文都是与花草有关的。

当兰花还在春日的暖阳下绽放着，我会常常邀请文友去室外农民家里请求分享一些大红色、粉红色、橙黄色的月季枝条回来，把一些生命力不强的植物换掉，插上三五个月就可以开花的植物。经过我每天的细心呵护，它们都会给我满满的快乐，幸福的感受也就充盈在我业余时光的休憩之中。人生苦短，“琴棋书画诗酒花，柴米油盐酱醋茶”“萝卜白菜各有所爱”，嗜好什么就忙碌什么，每年在种植花草的事情上我会“浪费”很多宝贵时间，但是收获了开心快乐！

在喜爱种花种草的时光中有些许让我感动的事儿，去年在我离开文联时，文友特意种了兰花赠送给我。兰花来到我家还未见有开花的想法，经过我几次浇水的呵护，三五天就长出了两根花茎，上面几颗花苞日渐膨胀，一天清晨想用相机记录从花苞到绽放的过程，我还没来得及行动，一个花瓣终于忍不住打开了“心扉”，一个小时不到其他五片花瓣相继舒展了身子，好奇地打量着我这位爱花的女主人。看着这盆普通的兰花，让我感慨良多，它可是一位八十有余，在诗词、散文方面都十分有天赋并出版了《竹林馆诗文集》《如梅桃花》的朋友赠送给我的礼物。她热爱生活、开朗豁达、乐善好施的美德值得我终生学习。睹花思人，见证花开的美景，聆听花开的声音，静待花香的弥漫，那种感觉无与伦比。

老公在长沙创业，每周六上午开完会才会回来，我偶尔形单影只。回想起在那寒冷的冬天，我的情绪很低落，一个人的周末，边看电视边欣赏自己呵护的花花草草。看它们依然生机盎然，神采飞扬，丝毫没有被外界的温度所影响……看着看着我的心就豁然了，其实人生无论“春有百花秋有月，夏有凉风冬有雪”，只要“心若向阳，无谓悲伤”。每当情绪低迷时，我就会久久地注视着花草们隽秀的样子，我的心情就会慢慢阳光起来。我养的花草均是极普通的，隔几天浇一次清水，隔几个月加一点新鲜泥土而已，它们都能长得枝繁叶茂、惹人怜爱。种植物通风透气、采光也相当重要，根据花草的习性而“迁徙”，“一花一世界，一叶一菩提”这一佛教用语让我感慨良多，有这些“无声”朋友们的陪伴，心境早已如水，记得有人说过：“人生最大的幸福，莫过于心里的宁静。”

在炎炎夏日，我就会产生惰性情绪，不想去健身馆也不想去室外散步，窝在阳台上看看花、浇浇水、拍拍照……每天利用空闲时光与它们相处，松土、施肥、捉虫子……如同呵护“小婴儿”，那份细腻那份情感给我浮躁的内心一丝丝清凉。看着母亲给金银花搭了一个别具一格的花棚，我的心里一阵惊喜，母亲八十一岁了，思维依然清晰，手脚依然灵便，让我想起早几天在农村看到的一位九十四岁的奶奶，最大的嗜好就是无事之时喜欢种花……有花种现在是我们母女最开心的事情！只要心中溢满爱，哪里都有诗和远方啊。

公公婆婆家在我的感召下也渐渐喜欢种花了。家里有的花都被我“拈回”乡下生根发芽开花了，要把大门两侧栽成月季花廊，让寂寞的父母亲常常有花陪伴，天天看着艳丽的花朵在院子里绽放，心情应该明媚很多。草长莺飞、夏日炎炎、秋高气爽、凌霜傲雪……岁月荏苒，人生苦短，花些时间在自己赏心悦目的事情上是很美好的事情啊！

喜欢从别处分享花草回来，也喜欢将自己的花草赠送给友人。从新化紫鹊界一位农民阿姨家弄回的雄黄兰，放在室外，阳光、雨露滋润充分，长得很茂盛，花开得像一只只橙黄色的蝴蝶停驻在绿色的草丛中。看着自己亲手折枝插活，少见的颜色、形态，开得妖艳而灼烈，你的心会为之震颤。画家蔡皋老师所赠牡丹吊兰，叶子有点肉肉的感觉，清绿清绿的，花朵纤细而有韵味，像个粉色的小太阳，看得人心里特别舒服，读书看手机尤其是眼睛开始不适时，我就会跑到阳台上和植物们“对话”，当我感觉非常愉快之时，我会发上图文并茂的微信给朋友们共享快乐时光！将得意的“作品”传递给文朋好友，让友谊在花草之中延续……

年迈的母亲常念叨我，不要种那么多啊，太辛苦了！我总是笑而不语，我种的是一种心情，一种喜悦，一种纯真，一种回归自然的向往……

在阳台上，活出自己想要的时光

我住渌江风光带，买了二楼大户型的房子，赠送阳台三四十平方米，我们将它制作成阳光房。本来上面是玻璃的，装好没几天，高空石子坠破了两大块，安全起见，干脆装成了不锈钢板，下面用浅黄色的帆布镶嵌在顶上，加上浅黄底色金黄条纹的窗帘，整个阳台的格调感觉很温馨。靠南的一堵墙全部是由玻璃构架而成，阳光一大把“输送”进来，下午太阳西斜时更厉害。我种的花草植物都长得棒棒的，外面还留了十多个平方米没有封起，更被我种得绿意盈盈，花香四溢。站在阳台上可以看见清澈的渌江水欢快地流淌着，河岸两边的花草植物随着春夏秋冬的更替而变换着“容颜”。这个房子的阳台是我买了好几套房子中最钟爱最满意的阳台。

春天，在我们湖南是比较冷的，春雨潇潇、春寒料峭、“四月八田里冻死鸭”，都是我们这里春天气候的写照。早春的植物正在土壤里萌动着它们的新芽，有的才缓缓冒尖，有的倏地长出好长的枝条。那长春藤、那蔓长春花、那茉莉花的枝条，还有我扦插的石榴花都用很优美的线条展示着春天的秀美。金银花又叫忍冬花，用一个稍高挑的花钵子扦插几根苗，沿着落地窗的不锈钢窗子往上爬，两年的工夫就花香一房了，晚上睡觉打开窗子，想想是多么美的梦境。白天似有无数只金色的、银色的蝴蝶飞舞在绿色的窗帘上。每天用烧开的井水直接泡上它们当茶饮，味道美极了，春天满嘴满喉的清香洋溢着。

不甘单一色的我去花市找冬天未开完的梅花，见还有含苞待放的摆在那儿，几十元买回了，想让它再展现一次寒冷时开得热烈壮观的景致。到底气候变暖了，开得没有第一次那么精彩，激发我写了一篇《梅花开了一茬又茬》的小散文发表在我们《株洲日报》上。春天的幸福树长得枝繁叶茂，仿如一把大大的绿伞撑在阳台上，似乎想给整个房间都充盈上绿色的空气，噌噌地长到了屋顶，剪下它扦插在盆内，它们竟然又活了过来。幸福树也是我的最爱，曾经写过一篇《我家幸福树开花了》，可惜现在养了五棵还没有一棵花蕾绽放的，期待着某一天能够含苞怒放。

鸭跖木又叫鹅掌柴、吉祥树，一年四季都是常绿的，在春天里它们会发出锃亮的小棕黄色的叶子，长到一定时间就变成淡绿色、深绿色了。它们只要喝点清清的水、有充足的阳光沐浴就会长得非常不错的植物，陪伴我们十个年头了还依然青春焕发。空调上的绿萝如绿色的瀑布往下洒落，长长的线条上长出大大的绿叶，将旁边一墙的书柜衬托得生机盎然，让我感觉每天都是那么的清新，那么的可爱。

夏季是一年中阳光最热烈的季节，扦插三年多的蔓长春花以五个紫粉色的花瓣绽放在阳台上。花苞有点像牵牛花的样子，打开以后不是十分像，花瓣分得开开的，中间一个浅黄色的花蕊，开在碧绿碧绿的枝叶间，让我好生欢喜。要知道这花是我从云南滕冲折枝回来扦插而活的，看着它们就会想起早几年三个姐妹快乐的滕冲一游。茉莉花和蔓长春花共处一个花盆。它们依次展现风采，茉莉花迟于长春花开，茉莉花特别香，且开得三四个轮回。每次我都直接摘了泡茉莉花茶喝，剪掉已开花的两三寸枝条，下一次开得更旺盛，它也是秋天必开的花儿。龙吐珠，也是开花时间比较长的吉祥花，花朵从夏季到秋季都有花开，很有龙吐珠的模样。去年《广州来的龙吐珠》见报后，冬天忘了收进室内，被寒风雨雪冻死了。今年同事送我一株，我已成功扦插了好几株送给花友，大的龙吐珠已经开了一轮花，也不知培育的小龙吐珠还会不会开花，种花最大的乐趣是给你很多期待和梦想。夏天也是月季花绽放得比较旺盛的季节，阳台上仅种了橙黄色的，花苞欲开时特美，像绫罗绸锻般细腻，它也是很容易繁殖的，沾土就活。秋天冬天的月季时不时会有花儿来敲开你的心房，让你常常有心动的感觉。

秋天算是室内开花较少的日子，只有一盆营养不良的剑兰抽了两根花剑，绽放了淡黄色的花朵，花少却香得满屋子都是。看来明年要把它们养得“容光焕发”一点，让它们多开点花，满足我们鼻子的感官享受。没封的那一节阳台，有丝瓜花、苦瓜花、冬瓜花，一色的黄花系列，惹得蜜蜂嗡嗡地飞舞、蝴蝶翩跹而至。因土壤贫瘠，长得慢了几个节拍，农民们种的都开始收摊了，我的才开始闪亮登场。昙花是秋天开的，去年开了一朵，花型有碗口大，美霎眼了，花香溢满了整个阳台，几个小时就生动地演绎了成语“昙花一现”的由来，尽管一朵我也舍不得扔弃，被我炖粥喝了。秋天其实也是有很多品种的花在绽放呢，碍于阳台容纳不下，我的露台上还有柠檬花、金橘子花、万维莎睡莲、韭菜花、南瓜花、辣椒花、茄子花等，都安闲自得地在风中摇曳着。

冬天是冷的，也是很温馨的。有好多花等着你来侍弄，前面说了红灼灼的梅花，它生动地诠释着好花不需要绿叶来衬托，看上去就像一树火花在燃烧，花开完后才渐渐地长叶，秀气的叶片墨绿墨绿的，呈椭圆形。倒挂金钟，紫红紫红的小铃钟，在一天一天地敲响，告诉你时间不等人，又过年了，珍惜时光，它们一般开完就死掉了。我买过几次，没有一次养活过。仙客来也是居家百姓最宠爱的喜庆花了，它有粉色、紫色、大红色、蓝色、白色等好几种颜色任你挑，花期长、开的花多，看起来很妖娆。还有蝴蝶兰，大小花苞几十个，次第开放，一般是紫中带点白的花色，像蝴蝶展翅飞翔的状态，每天给你欣喜，开完也基本夭折了，欣赏它绽放的过程也足够了，无需拥有。冬天还有一个逗人欢喜的是长寿花，它的颜色多，花形隽秀，叶子绿绿的，容易扦插活，室外高温的夏天几乎休眠，见过常年开着空调的室内也还长得蛮“清醒”的。春节前后开花，花期长，很可爱，花友之间常互相交流。我家只有黄色、粉色、红色三种。

四季花开，花香流溢，激发了我写散文的动力，时常写出对某一种花的观察、培育、花与人相融合的感悟发表在《花卉》等其他报刊杂志上，有时给年迈的母亲翻翻。母亲常常坐在阳台上，眯缝着眼睛读一读，我想她内心也如花一样灿烂着。

“一花一世界，一叶一菩提。”我经常捧读一本书，在阳光的午后、诗意的夜晚，放一曲轻音乐，煮一壶红茶，偶尔摆弄一盆植物，被世俗浮躁的心自然而然就会沉静下来，留下最朴素的本心与自己相处。

夏天对植物的心心念念

在这酷暑难熬的夏天，没有十分重要的事情我是不想远行的。以前有母亲陪伴我一起生活，现在母亲去乡下过田园生活了。每次外出两天以上，我都得委托亲爱的侄女来我家浇花淋草，夫君应酬和爱好太多，是十分不靠谱的，他也不情愿接受这么艰巨的任务。

侄女每天一大早步行来我家，将所有的植物浇个透。我在家闲得无事时早晚各浇一遍，露台风大，吹得呜呜直响，有时让植物直接趴倒在地，口干舌燥还要忍受摔倒之苦。每次见到这情形，我会快步去扶起它们，如同搀起自己小时候的弟妹以及自己亲生的孩子一般。心里总有一个念头，什么时候做两面挡风墙，为植物们遮当寒风、热风，什么时候装一个自动淋雨仪器，让它们在和风沐雨中自由自在地生长，可惜总是没有行动仅有一个念想而已。打理这个露台快十年了，从 2015 年《我家的仙人球》那篇写植物的文章开始，断断续续写了近七十篇文章，每一篇都饱含了我对植物的深深眷恋以及对生活的热爱之情。夏季天气炎热的日子居多，我常常大汗淋漓地给它们浇水，风吹乱了我的头发，汗湿透了我的衣裳，有时不小心还被月季、三角梅的刺划出了血痕，有时不小心踩了花盆还来个人仰马翻，心里偶尔会晃过明年不想再种它们的想法。可是每年春草萌动，万物复苏之时，我的手又痒痒了，那是怎样的一种呼唤，怎样的一种执着。

每当我在外出差、旅行时，我都会千叮咛万嘱咐侄女哪些植物一定要浇湿浇透，哪些则少浇甚至不浇。每当回来前的最后一天，我都会让侄女不要特意来浇了，等我回来自己亲自浇，让她少辛苦一次。记得每次回来，行李箱还没放稳，我就会跑去露台，首先用活动的自来水喷头遍洒所有的植物以缩短它们如饮甘霖的时间，再重点浇几盆植物如花果连绵不断的四季柠檬，颜色丰富、花瓣重重的木槿花，爬满窗台的金银花，结满小南瓜的南瓜蔸子，开满小黄花的冬瓜苗，还有那些扦插的柠檬苗子、龙吐珠苗子。至于那些耐旱的野生樟树、柚子树我都不会重点关注，它们用自己浓浓的叶子遮盖了一部分泥土减少了水份的蒸发。那些缠缠绕绕的藤三七也不是我重点浇水的对象，它们生命力极强，有块壮茎蓄水，一两天不喝也不会干死，浇了水长得恣意而疯狂，把周边的植物缠绕得“死去活来”，隔那么十天半个月我都会用剪刀“扫荡”它们一次，送给喜欢吃它们的朋友，据说营养价值还很高呢。

在浇水的过程中，让我有点伤感的是一位山东朋友赠给我的无花果，我扦插了一棵小苗子，走的时候长得非常好，没有特别交待侄女一定要细心照料，果然不幸“夭折”了。幸好我将它的母亲藏在金橘子树下，躲过了烈日曝晒而安然无恙，好多我喜欢的植物我基本都会想办法备份一棵，像泰山来的连翘，长得好好的，没留神浇了民工用的小桶子盛的水，估计里面有石灰没有洗干净，全部死光，多亏扦插了一份，至今长势葳蕤。

还有新买的植物最让人牵挂，因不懂它们的生活习性。早段时间买了一盆鹅掌柴，花了两百元，叶子绿得放亮，树形高挑，正好弄了一场音乐沙龙活动，衬托得沙龙活动室更加充满生机活力。因过于沉重不好随便搬弄，只好放在下面工作室的窗台边，出差在外无人开门通风，我总在担心，天气闷热会不会把它给“整死”。回家第二天清晨，打开工作室的门，只见上面的叶子耷拉着，赶紧请文友帮我将它搬至家中的露台上，忍痛截掉上半身已死去的躯体，让它的下半身再发新枝，让它享受着阳光和雨露，让它重新焕发雄伟的姿态，更不想让我的“银子”白花了。这段时间已经恢复了元气，浇水、施肥、拍照……让我乐此不疲。

偶尔一两个早晨也非常惬意，凉凉的江风吹过面颊，一边聆听着正在播放的美文，一边静静地喷洒植物。眼睛仔细观察着它们是否有惊喜之处，那种喜悦的情怀时时充盈在我的心灵深处。有时为了照顾好我的植物们，也少了与丈夫团聚的时光。尽管心里有些许不悦，但为了让植物们能够健康成长，呼啦啦地喝上安全水、吮上生态肥，我就会常常陪伴在它们身边，为它们嘘寒问暖。身体疲乏，心灵宁静。

『读着』植物走天下

“读万卷书，行万里路”，历年来被人们认为是增长知识、开阔眼界、打开格局的最有效的两种途径。纵观古今，大禹是在随父治水中悟到了“宜疏不宜堵”的治洪原理，孔子是通过周游列国来印证自己所学的知识，李时珍、徐霞客、马可·波罗、达尔文、哥伦布等都是靠“行路”写出了宏伟巨著或取得重大发现，著名学者余秋雨的《文化苦旅》则是他在海内外讲学和考察途中写下的作品。可见，“行万里路”对一个人学识的增长、才干的历练是何其重要。

近年来，我对“行万里路”产生了浓厚的兴趣，随着年休假的正常执行，我们几个文友每年也有了外出两三个地方的机会，这期间我们收获颇丰，我在认识植物、侍弄植物、特写植物方面也都进步不小。

每到一个地方，那里的陌生植物都会激起我浓厚的兴趣，那种兴奋的多巴胺洋溢在我身体的每一个细胞里，每次听完导游或朋友介绍人文景观和自然景观后，我总会迫不及待地去亲近花草树木、园林果蔬，拿着手机上的识花软件去认识植物中的新朋友们。

记得几年前跟随省、市名家去攸县柏市镇采风，我写下了外地游记的第一篇以植物命名的文章——柏市油菜花，文章以农民主打种植的油菜花来解读柏市生态环境美。近五年来，我利用年休假的时间又去了许多地方，更是陆续发表了十余篇抒写植物的美文。去云南德宏芒市勐焕大金塔参观，见到长满塔身周围的姜花、文殊兰、火焰树等，回来写了《灵性植物》发表在《湖南日报》，后被《海口日报》转载；在北京街头坐公交车，看到高大鲜艳的月季花，回来写了《葳蕤的月季》发表在《中国建材报》，几年后再去北京写了《京城国槐》发表在河北的《无名文学》；去甘肃敦煌的鸣沙山写了《鸣沙山窝的植物们》发表在《湖南日报》上；外出散步遇见农家金银花开得茂盛，折枝回来扦插，耐心养护，两年后金银花开，遂发灵感，写下了《忍冬花开花谢》发表在《济南日报》……可以说，这五年来我是“读着”植物走天下的，每到一个陌生的地方，都会暂离朋友，一个人静悄悄地步行在住宿地附近，仔细观察周边的植物，用软件去识别那些不曾相识的“朋友”，用手机截屏记录它们的名字、形象，便于回去慢慢查阅资料，对它们进行深一步地了解。机会合适时，我还会弄一点回来扦插或栽培，边种植边观察，然后再试着将我与它们的故事写下来。

五年来，我既读人文景观，更读山川、河流、植物等自然景观，虽然没有徐霞客少年时“大丈夫当朝碧海而暮苍梧”的志向，但一旦有闲暇时间，我就向往着外出行走，结识更多的植物，种植更多的花草，写出更多的美文。我的露台上近年增加了好几个品种的植物，泰山来的连翘，紫鹊界来的雄黄兰，云南来的蔓长春藤，湘西来的花叶蔓长春花……它们承载了我外出学习的心路历程，同时，耐心细致地查资料、看相关视频，甚至买来栽植，慢慢研读它们的生活习性，观察它们的成长经历，也让我进一步了解到除了美化的功能外，它们还有着特殊的药用价值和美食功能。

“读着”植物走天下，让我长知识、增见闻，涂鸦文字的功力渐趋“老到”，同时，也让我的生活更加充满了情趣，让休闲时间更加丰富多彩。我爱植物，我感恩植物。

再做一回万丰湖的主人

前段时间和著名作家聂鑫森老师以及部分文学爱好者坐观光车，风驰电掣般游遍了风姿绰约的万丰湖，让我对万丰湖的景观留下了深刻印象。记得五年前我和母亲及兄嫂、侄儿们去游览过一次，那时只能见到万丰湖最初的轮廓和粗线条的规划，没有现在如此妩媚柔情的小桥流水、长栏长椅、圆桌圆凳、亭台楼阁的景致，水草丰茂、多姿多彩，一派江南水乡的画面尽显眼前，可惜不能下车独自停留，细细观赏它们的“容颜”。

回来虽已许久，但我一直记得聂老师在车上诗兴大发，随口吟出的苏东坡先生“江山风月，本无常主，闲者便是主人”的诗句，心中常常牵挂着那些生长在波光潋滟的万丰湖畔的各种植物，岸上的植物高高低低，错落有致，绿色、紫色、红色、黄色等各色叶子在初升的阳光照射下五彩斑斓，恍如一幅幅绚丽多彩的油画展现在大自然的舞台上，让人流连忘返。于是，双休日的一个清晨，我再次邀请了文友前行，打算细细欣赏它们的风采。

一路前行，我关注最多的就是各种妖娆的植物，在那儿我认识了好几种从未见过的植物。外形粗看好像龟背竹样的八角金盘，因叶形呈掌状，裂开的叶片有七八片，看似如八个角而得名。郁郁葱葱的叶片，像一只只舞动着的绿色手掌，点缀在湖水之畔、溪流之旁。八角金盘可群植于室外，也可用小盆栽好，供室内观赏，养得好还可以开出雅致的花儿来，是很受主人们青睐的吉祥植物，象征坚强、有骨气，寓意着八方来财，集四方才气，预祝着主人家的好运将更上一层楼；结香树又叫打结花，现正蕴育着小小的黄色花蕾，它是先开花后长叶，枝条柔软，任意打结而不会折断，花朵散发着浓郁的芬芳，故名结香，又叫“梦花”“梦树”。结香树柔韧的枝条，缠缠绵绵，弯弯曲曲，是爱情的象征，打结越多花香越浓。古人云“定有千千结”“喜结良缘”指的就是结香树，它是中国式的“情感树”。相传在秦始皇时期，皇家宫廷内一位出身显贵的女子，非要嫁给出身贫贱的男子，门不当户不对的婚姻遭到世俗的反对，两人万般无奈地将结香树的枝条打了个结，以此寓意两人的感情就此了结。但令人惊讶的是，当年打结的结香树花开得特别多，花香特别浓，最终感动了秦始皇，他立即传下圣旨破例让二人结为夫妻。从此以后，民间形成给结香树打结许愿的风俗，寓意着爱情天长地久，心想事成。一棵树、一种花所寄寓的语言就是一个时代的文化情结，我想肯定会有许多情侣前往万丰湖寻找这么一种神奇的结香树吧。

斑斓色彩中，我钟爱紫色，对紫色的植物更是厚爱有加。万丰湖就有紫色的植物间生在众多绿色植物当中，开始我误以为是紫叶李，后仔细辨别原来是紫锦木，又叫非洲黑美人，它的嫩枝和叶片为红褐色或暗紫红色，开着淡黄色的花。那是小小的让人一见就赏心悦目的灌木花树，树姿优美，叶片全年紫褐色，是观叶植物中少见的品种，越是阳光灿烂，越是紫艳艳，尤其新发出的叶子通透、鲜亮，一簇簇、一排排的紫锦木，生长在绿树丛林中给人眼前一亮的感觉，看着这暖暖的紫色，心里就有一种厚厚的踏实感。

我们时看岸上树木，时看湖畔水草，那里有很多熟悉的植物展现在我们眼前：栾树、南天竹、海桐、石楠、女贞、杜英、木荷、红檵木、垂柳、水杉、土茯苓、紫薇、风车草、银杏、樱花……杨梅树上挂着深深浅浅的红紫色杨梅，久雨初晴后闪着耀眼的光。紫叶李的果实看起来像青红色的桃子形状，十分诱人。

忽然一只羽毛颜色斑驳的水鸟伫立在栏杆上，昂着高贵的头目视着前方，偶尔自在地梳理着它的羽翼，我们屏住呼吸，拍下了它的背影。我想这里的昆虫、鱼儿、鸟类、植物都是很幸福的“主儿”，在这自由自在地繁衍生息。我们想试着“招惹”一下在湖中水草上踱步的水鸟，拍掌、唱歌……任我们怎么喧哗，它们都“不管风吹浪打，胜似闲庭信步”，看来它们是“洞庭湖的麻雀——见过几个风浪了”，我们也只好拍了几张照，在鸟儿叽叽喳喳的早会中知趣地离开了。“漫随天外云卷云舒”的还有桥那边几个垂钓的老人家，他们呼吸着清新的空气，凝视着如诗如画的湖景，仿佛进入了“物我两忘”的境界，我想他们或许是秉着姜太公钓鱼——愿者上钩的心境在钓鱼吧。

湖畔还长着一种再力花，叶子和美人蕉的叶子极为相似，只是再力花开出的是紫色的花，美人蕉的花则有红色的、黄色的，两者交错在一起为湖畔涂抹了几分亮色。各种小鱼儿在水底游玩着，悠游自在，逗得人很想蹲下来与它们嬉戏一番，只可惜文友之夫忙着要去单位加班，我们只好留着一点遗憾，等待下次再来慢慢品味了。

驾车往回走的时候，左边一棵高大的花树倏地映入了眼帘，在我后悔没停下来识别时，右边不远处同样的花树很快又出现在了视线之中，我赶紧请文友拍下照片发来，回去车刚停稳，我便迫不及待地使用手机上的识花软件，知道了它们叫合欢树，又叫“爱情树”。“东风香吐合欢花，落日乌啼相思树”。合欢花象征着忠贞不渝的爱情，是一种吉祥之花，自古以来人们就有在宅第园池旁栽种合欢树的习俗，寄寓着夫妻恩爱、家人团结、邻里和睦。合欢花泡在黄酒中，置于阴凉处半个月，则酒更醇、花更香。最重要的是合欢树可以播种繁殖，我心里琢磨着待到秋天定要再去趟万丰湖畔，拾得花树种子，播下“欢乐”的希冀。

九郎山下老李的庭院生活

有一个朋友家的景致让我牵肠挂肚，去了一次还想再次去，秋天去了春天还想去，甚至正值天热时，我就开始遥想冬天的院子又是什么景象呢？碍于朋友是老公朋友的姐夫，老公朋友几乎每年邀请好友去他姐夫家小聚一次，我只好反复嘱咐老公，去其他地方可以不喊我，但去老李家一定要带上我！因为他们家太好玩了！太享受了！

六十有四的老李天天乐呵呵的，每天天才放亮就下地摆弄他的菜园子、花园子、果园子，天黑了就歇息在那宽敞明亮的两层楼房里。房子是有点厚重感的红砖房，外面用白色的长条瓷砖贴好，墙的周围爬满了绿色的植物，学名叫景屏藤，又叫“一帘幽梦”，抽出来的长丝绦就像人工制作出来的橙褐色门帘，长而有韧性，像印染的线条却很有力量感。

坪的正中央有一棵结满了几百个金灿灿果子的甜橙树，树高不超过十米，果子挂在上面像开满了球形的黄花儿，将绿色的叶子遮得只剩陪衬的份儿了。朋友们坐在芳香四溢的果树下玩着棋牌、品着美食、读着手机，和好友们聊着天，时间仿佛慢了下来，让人感觉拥有着这样的院子才是真正过上了幸福的生活。

院子周围摆满了盆栽植物，有罗汉松、落叶松、柳杉，还有石榴树，虽然植株矮小，但上面竟然结了一个小石榴，惹人喜爱。喷泉旁，有两株猕猴桃树，叶子全掉光了，上面还有好几颗猕猴桃，我们用新式摘果器小心翼翼地将它们摘了下来，剥下毛茸茸的皮，塞进嘴里，甜而不涩。曾经以为弥猴桃都是生长在荒山野岭之中，没想到它们还能长在平常人家的大院里，我幻想着春天时它的花是什么样的，夏天的枝叶又是何其的碧绿，在枝叶间长出一团像猴子颜色的果子该是多么的有趣。想着想着，忽然心血来潮，当时就给在老家建了新房子的大哥发了消息，让他也种上几棵猕猴桃树。

菜地里栽了好大一株金橘子树，绿色的枝丫间长满了像黄色星星般的小金橘，朋友们搬着小扶梯上去摘了一大部分下来，没摘下来的就只能烂在树上了，怪可惜的。

山上有柚子树、橘子树、板栗树，夏天时还有无花果树、桃树、梨树、李子树，像极了《西游记》里的花果山，品类丰富，硕果累累。山上的路可平坦了，老李捡了一些别人不要的地板砖，用水泥砌了好多条山路，各色花纹的小路在林子中延伸着，这是怎样的用心和热爱啊。我们几个女人提着桶子上山摘了好几桶橙红色的水果，秋阳照得眼睛无法睁开，汗水也在不断地流，我们只好下山休息。水果吃到撑后，我们又去菜园里采了包菜、白菜、萝卜、芥菜、葱、蒜、韭菜，菜园里各种时令蔬菜应有尽有，且全是用鸡鸭粪当底肥，个个长得水灵而又“敦厚”，尤其那长在泥土外面，横躺着的萝卜，像极了一个个白白胖胖的小娃娃调皮地睡在暖烘烘的地板上，煞是惹人欢喜。

中午我们吃了老李自己养殖又亲自做的啤酒炖老鸭、中药炖乌鸡、鲜美无比的青鱼，黄黄的藤蕹梗子，红黄绿相间的萝卜缨子，又甜又脆的小白菜，都在老李的巧手下变成一道道色香味俱全的美味。老李常说“朋友来了就是高兴”“亲情友情不走动就不亲了”，因此他几乎每个星期都要招待亲朋好友，吃完喝完临走时，还要给亲朋好友带上自己栽种的水果、花草植物。朋友们也常惦记着他，知道他嗜好喝二两酒，便时常有人给他捎去高粱酒、蓝莓酒、米酒、甜酒……知道他喜欢莳花弄草，便有人给他送去最时尚的三角梅，就连大大的花盆也是朋友送的……

老李说每年都会更换不同品种的植物来“挑战”自己的种植能力，大门外右边的花圃内种了我曾经在云南见过的黄金间碧玉竹，还有罗汉竹、紫竹。大门外左边的花圃内种了白色、紫色、黄色、绿色的菊花，俊秀的花儿散发出淡淡的香味。菜地里还种了一种杭白菊，可以直接泡茶喝。临走时，老李送了杭白菊和绿色的菊花枝条，让我带回去扦插，其实前年我就在老李家弄了紫色的榨浆草、粉色的爬藤蔷薇，现在都长得好好的，中间还给花友分享了一些。

老李这么多年的庭院生活成就了他，使得他成了半个植物专家，我问他什么植物，他都能说出些所以然来。老公的朋友笑我：“姜作家来了，要给老李写一篇文章了。”他还特意发给我一组老李院子里春夏秋冬的美照，情真意切的想法让我内心很是惭愧。老李虽然出身工人，但骨子里很有文艺的气质。他有一帮能歌善舞、会拍摄、会制作宣传的同事朋友，有石峰区学校的校长、老师，还有一群忘年交的朋友。有一个才气逼人的语文老师，就曾给老李写过一篇精斟细酌的美文，配有恰到好处的图片、音乐，老李早已声名远扬了，因此我是不敢班门弄斧了。但早几天，天元诗协再次组织我们上风景秀丽的九郎山，我又一次想起了可爱的老李，想起了他非常喜欢的一句经典禅语：“世间一切，唯我所用，非我所有。”老李特别欣赏这句话，这也是他人生几十年的感悟，石峰区的语文老师将它书写并装裱好送给老李，现在就挂在老李的堂屋中，时时散发出禅意。

老李在朋友兄弟姐妹中排行老大，他说父母不在了，老大家就是大家的家，他还说一个人要懂得孝敬老人、爱护小孩，老人们年老体弱，小孩尚未成年，他们都是“弱者”，我们没有理由不照顾好他们。老李这么说，也这么践行着，他陪伴自己的父亲好多年，岳父岳母也是在他这儿养老送终的。他的小外孙到了周末就回到他的身边，回到他营造的大自然中。在老李的影响下，年仅八岁多的小外孙就很有礼貌，很阳光也很勤快，与老李一样非常好客，不断地为我剥核桃吃，还从树上摘猕猴桃给我吃。小外孙还拿着他所有的玩具让一个朋友都演练了一遍，逗得大家开怀大笑。

从老李那儿我感悟到“山上有果，地里有菜，水里有鱼，笼里有鸡，池里有鸭，院里有花……”这才是我们向往的、有品质的小康之家。

鸣沙山窝的植物们

今年年休假期间，我得以忙里偷闲，前往“山以灵而故鸣，水以神而益秀”“鸣沙山怡性，月牙泉洗心”的敦煌“孪生”美景鸣沙山、月牙泉休闲。

第一次来到沙漠景区，导游告知可骑骆驼穿行，也可坐电瓶车或步行。自从网络上有了“形色”识花软件，我对植物愈加痴迷，对外出行走的兴趣也日益浓厚。因此，“肥胖”的我和几个朋友选择散步，美其名曰消耗脂肪，其实最主要的原因是漫步其中，我们可以细细观赏沙漠窝中少有的植物。

一路前行，三方沙漠堆积如山，跌宕起伏，气势雄伟。一棵学名叫旱柳的伞形大树矗立在金沙山脚下，树皮灰黑色，主干有很多的裂纹，枝条柔软，树冠丰满。这是一种喜欢阳光，同时能耐寒冷、干旱的树种，抗风能力极强，常常用作庭荫树、行道树、公路树、防护树及沙荒造林。它的枝叶无论干湿，都常被牛、羊、骆驼当作美味。看到一棵秀丽的大树安然地生长在沙漠中，我不由得想到了王维“大漠孤烟直，长河落日圆”的粗犷雄浑的壮美意境；想到了晚清重臣左宗棠，他在西进收复新疆时带领湘军一路栽植道柳，留下了“新栽柳树三千里，迎得春风度玉门”的佳话。为纪念这位改造自然环境的大臣，人们把生长在西北地区的旱柳又叫左公柳。

蹒跚十余米，能见到沙漠路两边种植的些许植物，左边有人工种植的万寿菊，色彩丰富，有橙黄、金黄、淡黄，颇有“冲天香阵透长安，满城尽带黄金甲”的盛况，引得游人纷纷站在菊花地旁边拍照，花虽和内地的花没什么两样，但以四野茫茫的沙漠作为背景，又想到它们要经过多少次狂风的肆虐和烈日的炙烤，才能有今日的“风骚”，因此不能不令人“刮目相看”了。万寿菊除去观赏价值之外，还可药用、食用，实在是“秀外慧中”，惹人喜欢。

和万寿菊齐排的地里还种了佛甲草，佛甲草可以忍受高温寒冷的恶劣气候，连续二十天不下雨也不会“命归黄泉”，天寒地冻之日休眠一下，春暖花开之日又生机勃勃。万寿菊的田埂边还种了好几棵绿玉树，又名光棍树。它没有叶子，这样可以减少其体内水分的蒸发，避免旱死的危险，枝条里含有的大量叶绿素又代替了叶子进行光合作用，看来“适者生存”同样也适应于植物朋友们！这是我第一次见到只有枝条没有叶子的植物，虽然外表不美，但在这里坚强地活着，就足以让人提振信心了，有绿色植物的地方就有水源，有水的地方就会有生命，听说成批量种植它们还可用来提炼石油或作为造纸的原材料呢！

继续前行十多米，能见到很大一片芦苇地，这让我想起了余亚飞的诗：“浅水之中潮湿地，婀娜芦苇一丛丛；迎风摇曳多姿态，质朴无华野趣浓。”在鸣沙山的山窝下之所以有这么一片野趣横生的芦苇地，得益于月牙泉的水源，同时芦苇地又为月牙泉涵养了水源，起到为鸟类提供栖息地的良性循环的作用。站在开满芦花的芦苇旁，我联想翩翩，春天芳草遍地，夏日绿波万倾，秋季芦花满天，隆冬百鸟酣栖，无论何时都能拍下一张张美景美人图，都不知道有多惬意！

当我小心翼翼沿着景区工作人员制造的人工梯道气喘吁吁地爬到半山腰，蓦然回首，才发现月牙泉就在左边的山脚下！月牙泉四周水草丰茂，泉水清澈见底。喜欢植物的我，如获至宝，五步并作三步很快便下了山，带着激动的心情向月牙泉靠近。快到月牙泉景区时，我在右边人工种植的植物群中，见到了两株结满了红红青青果子的沙枣树，它们舒展在丛林中，霎是美丽，仿佛两位质朴的村姑穿着碎花布衣正在忙碌。沙枣树具有抗旱、抗风沙、耐盐碱、耐贫瘠的特点，在这么恶劣的环境中还能为人类奉献甜美的食物，让我很是心动。

再看那月牙泉旁亭台楼榭的瓦楞上被蒙上的一层黄色“沙粒子”，就可以想象到平日里一定常刮着大风才会给它们披上这么温柔的“棉纱”外套。四合院中长了两株桃树，树上也结了数颗桃子，但这些桃儿都“瘦瘦”的，弱不禁风的样子，不少果子身上还有伤痕累累的印迹，想必就是被大风肆虐的证明。

到了月牙泉边，两株参天大树就会立马进入视线之内，它们都是生长了一百多年的胡杨，这些被誉为“沙漠英雄树”“沙漠守护神”“沙漠脊梁”的胡杨对防风固沙、调节绿洲、肥沃土壤，促进农牧业迅速发展起到了天然屏障的作用，犹如一条绿色长城，紧紧锁住流动性沙丘的扩张，守护着一方土地。多年来，我对胡杨的“生而不死一千年，死而不倒一千年，倒而不朽一千年”的精神大为赞叹，今天终于有幸目睹了它的“芳容”，激动的心情更是溢于言表。

月牙泉边还有一种重要的植物——七星草（又叫罗布红麻），是这里生长的独特而唯一的保健中草药，夏季有小花盛开，因时间仓促，没时间去领略它们的美，让人遗憾。铁背鱼畅游在月牙泉里，七星草生长在月牙泉的南岸，传说铁背鱼和七星草一起食用，还有长生不老的功用呢。

月牙泉边还栽种着向日葵，黄色的花盘如同小朋友的笑脸迎接着八方来客。偶尔还能见到田旋花、红千层、锈鳞木犀榄、云杉等植物，我想大部分是园林工人因地制宜培植而成的，让大家感受炎热的沙漠风景之时还能看到久违的绿色风景，以此缓冲大家的视觉疲劳。

在鸣沙山窝欣赏了这么多美好的植物，我愈发觉得月牙泉就是鸣沙山中的一颗璀璨明珠，它的“光芒”滋润了植物们的丰盈体态，让它们在严寒酷暑的沙漠中展示了姣好的容颜，同时也给这块圣洁之地增添了无限的风采。

广州东湖的花树儿

近几年去广州姨妈家约有四五次，每次都会随姨父姨妈去东湖公园散步，或许这次是因为春末夏初吧，花团锦簇、莺歌燕舞的时节特别撩人心扉，使人醉心于东湖的自然、人文景观。或许正如深圳王国华文学老师佳作中所说的，来到广东深圳是缘于北方冰天雪地，而南方通红通红的朱槿开得耀眼璀璨，只因这一朵花，便使他人到中年仍要坚定南迁。一棵植物、一朵花带给人的心灵居然是如此震颤！随着年龄的增长，我也特别钟情于花草植物，这次广州之行，高大的花树更是惹得我心花怒放了。

姨妈十六岁参加工作，在湘潭工作十六年后随军（姨父时任黄埔边防检查站站长）来到广东，近四十年的广东生活已经让她离不开这方热土了。我们边聊边步入了东湖公园，公园的景色让人耳目一新，绿色的植物随处可见，大湖小湖清澈见底，荷花、睡莲各处一湖，一路步行而去，道路两边花树丛丛，且高低不一。枝条上绽放着淡黄色的花儿，花边上有着几片绿色叶子托着的，就是鸡蛋花了，清香淡雅的气质让人忍不住多瞧几眼，有白色的、淡黄色的，还有粉色的，像极了小孩粉扑扑的脸儿。去年在云南时我就已经见识了它们的风采，在云南，鸡蛋花因被佛教寺院称之为“五树六花”之一而被广泛栽植，其又称为“庙树”“塔树”，花语寓意为孕育希望、复活、新生之意。这么美的寄托，难怪东湖公园四处可见。

走到喷泉广场，我们遇见了姨妈楼上的邻居张阿姨，她身板硬朗，满头银丝，穿着牛仔背心，整个人显得精气神饱满，给人昂扬向上的感觉，让人无法想象她已经如此年长，今年居然九十岁啦！姨妈告诉我她们俩曾经是同事，一个科室的，张阿姨老公离开人世十年了，她一直一个人居住，子女也没在身边。姨妈心善，平时有什么好吃的水果、菜肴，都会用小碗给张阿姨送上一份，还经常陪同她一起去东湖公园晨练。有我姨妈这么一位好邻居时常照顾着她，张阿姨的子女很是放心，也非常感恩我姨妈。姨妈告诉我她上次摔了一跤，爬起来什么事也没有，我想“吉人自有天相”，用在这里是再恰当不过的了。后面，我和张阿姨几个拍了一张合影以作留念，想着自己以后也要向她学习，优雅地老去……

继续往里行走，我见到了“叶如飞凰之羽，花若丹凤之冠”的凤凰木，凤凰木又称金凤花，树冠高大，花红叶绿，满树如火，给人富丽堂皇之感，它们伫立在那，似乎是在用如火的热情欢迎众多游客来到广州，也难怪广州被称为“花城”，这么多高大威猛的树上绽放如此多俊秀的花朵儿，这在我们湖南是很少见的。走着走着，我还见到了与洋紫荆花儿极相似的羊蹄甲树，姨妈说这种树在广州马路两边到处都有，散发着淡淡的清香，很受市民的喜欢，正如席慕容所描述“远远地看上去，如同笼罩着一层粉色的烟雾”，羊蹄甲树的花儿开得非常精致，外形似兰花，又似蝴蝶在飞舞，五片花冠四片对称地分列两侧，一片翘起在上方，上面布满色调很浓的彩色斑纹，极像兰花的花舌，羊蹄甲树因此又被称为兰花树，清风吹来，落英缤纷，羊蹄甲树美得令人心醉，更不忍心离去了。

步行到激情广场时，几十位老人在那儿随着一位男“指挥家”的指挥大声歌唱，个个热血沸腾，表姐说在广州最幸福的人就是退休老人了，晨练完毕就去饮茶，饮完茶有的回去做家务，有的则继续在公园娱乐：遛鸟、打球、踩单车、下棋……天气晴好时东湖公园更是人头攒动，个个脸上洋溢着幸福的笑靥。即将出公园时我又认识了一棵从未见识过的花树，名字叫杜英，充满了诗情画意的芳名，杜英树叶繁茂，每年秋天部分叶片会变成红色，红绿相间，非常美丽，是庭院观赏和行道绿化的好植物。杜英在初夏与冬季开花，花色为米黄色或黄色，花形如吊钟，密密麻麻地排列着，远远望去似一串串悬挂着的风铃，又如一串串如玉如琢的翡翠工艺品，随风摇曳，散发出迷人的香味儿，浸润了你的身心，让你如痴如醉。花儿风干后则成棕色，依旧散发着淡淡的香味。

姨妈见我不停地拍照，便边走边给我讲述东湖公园的历史，原来历史上的东湖公园也是水臭、淤堵，治理后才水清湖美、人水和谐，再现了羊城八景之一“东湖春晓”的盛景，也才有了这些花开不断的花树，有了鸟鸣啾啾、水流淙淙、鱼欢蛙跳的美好环境供市民们受用。

在广州住的三个晚上，我每天早上都要去一趟东湖公园，我牵挂着它们淡雅的花香、高挑的树形、畅游的蝌蚪、飞翔的鸟儿，还有那些热爱生活的老人们。

春赏婺源篁岭的植物们

在春天将要接近尾声的光阴里，我们来到了四面环山的婺源篁岭古村落。村落“天街”似玉带将经典古建筑串接，古色古香的徽式建筑商铺琳琅满目地排列着，前店后坊，每家门店前有着溪水潺潺、鱼儿畅游的情景。各种花草树木在春风中摇曳着，似乎欢迎着远道而来的客人。小猫小狗顽皮地搭讪着、嬉戏着，沧桑的老人静静地坐着，吸着少见的水烟筒。在这现实版的“清明上河图”里闲情雅致地度过三五天想想都是舒心的事情。

篁岭村地无三尺平，远看像挂在山崖上的盆景。初入篁岭村的鲜花小镇，让你感觉进入了一个诺大的私家花园，色彩缤纷冲击着你的视线，红色、粉色、黄色、蓝色、紫色，或混搭色的花儿，要多美就有多美。矮牵牛花是春天篁岭村人家房前屋后、窗台上下的主打色。矮牵牛花，它的枝条短短的，花朵或大或小，形状像喇叭样的，绽放着。高挑的月季花，含苞的、怒放的守护在矮牵牛花的旁边，或被塑造成拱形的门葳蕤着。金灿灿的、粉嘟嘟的雏菊，娇小玲珑，惹人喜爱，依偎在众多矮牵牛花中显得更加古朴、清丽，散发出淡淡的草木香味，让你仿佛吸入了最美的荡涤肺腑的空气清鲜剂。还有那大红、粉红色的海棠花也在毫不示弱地绚烂着，它们中有的叶子是那种少有的褐颜色，散发着亮亮的光泽。偶尔会见到花型丰满的、叶片宽大的白、粉、红、蓝色的绣球花，它们因土壤的酸碱度不同而呈现出不同的颜色，大的花朵由数百朵小花相聚而成。让人很是开心的是，紫、白、黄色构成的三色堇，它们的花瓣呈三个小耳朵形连在一起，点缀在众多花草中清新而又别具一格。牡丹花、大丽花、樱花……都有相遇的时刻。

在行走的过程中，有不少学院来的师生在溪水边、屋舍下聚精会神地用相机、用画笔专业地将篁岭村的花草树木、鸡犬虫鱼、人物山川嵌入图画中，让这里的美这里的情传递到更远的地方，还有我们这些品味不同的游客们也在用手机发微信、刷抖音，将这里舒适、惬意的阳光洒向更多的朋友们。

走出篁岭的民宅店铺，步入山岭脚下，还能见到少许粉红的桃花、洁白的李花、梨花、金银花，有涂抹在漫山遍野梯田状的黄灿灿的油菜花，还有那绿树丛中忽然怒放着的轰轰烈烈的油桐花。站在众多花开花落的场景中，你会想起古人的诗词歌赋，很自然地感叹“年年岁岁花相似，岁岁年年人不同”。让进取的你，更加珍惜光阴，不蹉跎岁月。

青山环抱的篁岭，有数百株珍稀的被誉为“植物大熊猫”的红豆杉。“健康需要‘森’呼吸，豆杉氧吧显神奇。”看着这么有哲理的推广语言，我不得不对红豆杉产生了几分敬仰的情分。据专家们说它确实是世界公认的天然抗癌植物，它们与香枫、香樟、银杏、石楠等植物日日夜夜守护着村落的宗祠、牌坊、拱桥、五显庙等，凸显着篁岭村古老文化的独特魅力。还有那高山云雾茶也在吸引着你的眼球，再累也想爬上去与它们亲近一番，闻一闻它们的清香，晒一晒它们的颜值。

时光仿佛穿越到千年之前的桃花源中。村庄里“屋舍俨然，有良田、美池、桑竹之属。阡陌交通，鸡犬相闻……”在远古的时代，婺源村落就有“杀猪封山”的乡谚。村落风水林历来被严格封禁，除了村中孤寡老人可捡拾少许枯枝，其他无论老少，只要谁砍拾禁林内的树木，那他家的肉猪（或买来的）就会被宰杀，猪肉分给村民，以示惩戒。有这么好的宗法祠规伴随着岁月的增长，才有了今天的水草丰美，花香飘逸，树木葱茏，村泰民安的“最美乡村”之誉。

心醉云龙花卉植物园

阳春三月，我随市作协骨干会员来到了拥有“全国花卉生产示范基地”和“中国花木之乡”美誉的云龙示范区采风，在那儿我们欣赏了云龙产业园，参观了云龙职教科技园，穿越了云龙纵横交错的美丽大道……然后，我们进入了两个硕大无比的暖棚花卉植物园，这让视花如掌上明珠的我喜上眉梢。

平时在花店里是不常见到蝴蝶兰的，只有春节前才能偶见两三盆，春节后就悄无声息了，店老板说这是因为蝴蝶兰极难料理，一般是节前借花喜庆一下，节后就顺其自然，花落叶长，一般极难养到第二年再次开花，因此节过完了，大家就不再买蝴蝶兰了。印象中，台湾的蝴蝶兰是随处可见的，也许由于气候温和、雨量适中、光照正好、肥料充足的原因，才得以让逗人欢喜的蝴蝶兰“四处飞翔”。如今，在春寒料峭之时竟然在家门口的云龙花卉生产基地见到了众多婀娜多姿、色彩丰富的蝴蝶兰，让爱花的朋友们可以随时驱车前往观赏，实在是让人欣喜。

这个大棚里还有我心心念念，一直想种植的琴叶榕，每当有人问及这是什么植物时，我总是立马答上：“琴叶榕！”琴叶榕，名字多富有诗意啊，光听名字就很能引起人的美好幻想，再看“容颜”更是让人欢喜不已，树型高挑，叶子宽阔，像一把把深绿色的小提琴挂在树上。琴叶榕还有富贵、多子多福、阖家安康等吉祥之意，往宽敞明亮的客厅、大厅一放，瞬间让居室、生硬的空间“美轮美奂”，让主人神清气爽、心情愉悦。琴叶榕喜温暖、湿润和阳光充足的环境，冬天要特别注意防寒受冻，自家种植往往极易被寒风冷雨折损，就连花店里也极少遇见这么枝繁叶茂的花树儿，不懂它生长习性的人极难让它“长生不老”，更难让它开出妖娆的粉紫色花来，这也是我迟迟没有下定决心抱一棵回家养养的主要原因。

来到另一个大棚内，我见到了成千上万盆象征着一帆风顺、红红火火的吉祥植物——红掌、粉掌，它们花型很矮，种植其内的花盆也很秀气，但这不耽误它们开出耀眼的花来，摆在办公室和房间内就足够喜庆、生机。在主流花卉红掌、粉掌的行道内还摆挂着一种日常少见的花卉——口红吊兰，又名花蔓草、口红花。平时我们养的吊兰是开着黄蕊白瓣的小花，青绿色的叶子纤细蔓长，口红吊兰则不同，它的枝条呈匍匐状，叶片深绿色、肉肉的，花朵形似柱状的口红，绽放在修长的枝蔓上，开得艳丽、热闹而厚实，让人想起热烈奔放的姑娘，是近年来极受欢迎的一种家居垂吊观花植物。

采风结束，除去部分我们常见的花草植物外，给我印象最深的还是平日少见的蝴蝶兰、琴叶榕、口红吊兰这三种植物。云龙区委书记告诉我们，云龙将致力打造“城中有乡、乡中有城”山水林城和谐共存的“田园都市”，到那时植物园的发展规模将越来越大、品种越来越丰富，而这些可爱的植物未来还会在株洲云龙示范区成批量上市，更加让人眼花缭乱而心向往之。在回家的路途中，我一直在想，分享美好的事物，快乐也会随之广以传播吧，回去后一定要告诉做花卉生意的哥哥嫂子和朋友们，下次不需要开车去长沙进货了，直接到云龙花卉植物园，价廉物美，还可以一路赏美景、品美食，想想就很美好了。

第二辑　枝繁叶茂

北京的市树是国槐

早几年去北京，被满城的月季花所吸引，知道月季花是北京的市花。这次去北京在出租车上帅哥就说北京的市树是国槐，马路两边高大葳蕤、树冠如伞的国槐在秋阳的照耀下熠熠生辉。绿色的叶子还有几分绿，不像杨树和银杏树几乎全黄了。

记得曾经在北海公园穿行，游览天坛、什刹海、后海，这次在清华园进行短暂的学习，天天行走在胡同里……我有意识地抬头欣赏着半天空中英姿伟岸的国槐，一路行走一路琢磨着为什么国槐是北京的市树呢？听胡同里的一位长者说，在国子监里有一棵枯死很多年的国槐，在乾隆皇帝母亲六十大寿那年又发出了新芽，乾隆皇帝觉得这是好的兆头，于是派人把那棵大树用砖砌起来，倍加呵护，并题诗赞其瑞，后人称为“复苏槐”；国槐是本地树种，很适合北京的气候、温度，大家认为槐树气宇轩昂，有君子之风，正直、坚硬，荫盖广阔，因此非常喜欢和认可国槐。“十年树木，百年树人”，让我想起一个群体的领头人和一个地方的市花、市树有异曲同工之效，大家都欣赏你、尊崇你、认同你，你就是“领导”。

国槐生命力极强，无论土地肥沃还是贫瘠，它们都可以拔地而起，生长得浓密而茂盛。可以播种也可以扦插，国槐耐严寒，喜阳光，耐烟尘，稍耐阴，耐旱不耐湿，它们是庭院、行道树常用的特色树种。树型高大美观，又可防风固沙，是用材及经济林兼用的树种，是城乡非常好的遮荫树和行道树种，有“槐树不见光，能接三指雨”的谚语，很受百姓青睐。国槐从京城走向适合它生长的辽阔土地，将它的“好”“布施”在人类居住的地方。

国槐全身都是宝，槐叶、槐枝、槐根、槐角（果实）均可入药，它的花蕾可以做染料，种子还可做饲料等。国槐花色淡黄，花形蝶状，一簇簇依次绽放在翠绿色的枝叶中，像一群群展翅欲飞的蝴蝶，散发出淡雅的香气来，当你来到国槐树下总是久久不想离开。

国槐更是吉祥、幸福、美好的象征，是城乡居民自古以来就喜欢栽植的树种。《说文》称：“槐，本也，从木，鬼声。”在古人看来，槐树不仅神奇异常，而且有助于怀念故人，决断诉讼，是公卿的象征。周代朝廷种三槐九棘，公卿大夫分坐其下，面对着三槐者为三公座位。后也在门前、院中栽植有祈望子孙位列三公之意。在北京民间流传“门前一棵槐，财源滚滚来”的民谣，有庇荫子孙、祈望生财致富之意。这么好的文化意义惹得我都想回家找个地方种上几棵。

在北京，听到了好几个有关国槐的故事，最有趣的是“罗锅槐”。刘墉是一个聪明得让皇帝乾隆都忌妒的宰相，一日乾隆皇帝携众亲视察，见到一棵古槐外形像极了刘墉，说要将长得不伟岸且有几分丑陋的槐树砍掉。刘墉急中生智说该槐树是听皇帝讲学才长成这样，是忠诚的树，刘墉的机智让乾隆有几分难堪，只好命令砍掉该槐树旁逸斜出以及长得歪头歪脑的枝条，让它们重新发芽长叶，后将其保留下来的槐树被称为“罗锅槐”。此外还有“柏抱槐”“槐中槐”“槐柏合抱”以及“复苏槐”，这些槐树都是北京有名的奇树，从字面上看显得很巧合，让人感觉到大自然的鬼斧神工。其实从国槐的生长习性上不难看出，它们的种子一定是被人类、鸟类、风儿运输到那些地方，经过阳光、雨露、土壤的滋润，种子发芽、生根、长叶、开花、结果。它们的独一无二带给大家浪漫的联想，或神奇的传说，让景点增添了传奇的色彩。

在北京办事之余，我极不喜欢穿行在琳琅满目的商场、时尚且现代气息浓厚的娱乐场所，而是喜欢行走在大大小小的胡同里，在风姿各异的国槐树下，边走边倾听着久经沧桑的国槐在煦暖的风中讲述着北京几千年的精彩故事。感觉秋天的夜色是那么舒爽，空气是那么清新，我的思维是那么清晰，大自然的万物都是那么惬意的美。

北海银滩映芳菲

当夕阳还未真正落下海平面时，我是不想亲近海浪和沙滩的，一直害怕紫外线青睐的我，会行走在亭亭如盖的植物下，正好可以让我观察陌生植物，文友知道我钟爱植物的嗜好，陪着我边聊边赏，让我感觉从未有过的舒畅。

在家看惯了淡颜色的紫薇，一路上遇见深红色的，便觉眼前一亮。也看见了深红色的鸡蛋花，花瓣像少女嫩嫩的脸蛋，掐一下似乎就有水渗出来，在广州等地见到过很多淡黄色的鸡蛋花，它们那椭圆形的花瓣让人感觉花好月圆的意境。在北海银滩的边缘，看到两三棵树干挺直的小叶榄仁树，乳白色或乳黄色斑纹间隔在淡绿色的叶片中，树杆纤秀挺拔，像善良的“村姑”着一件碎花底子衬衣，低眉顺眼地思考着，颇有淡雅纯朴的品性。当你抬头将它们的枝干、树叶拍摄于手机屏幕上，那蓝蓝的天空做底色，那种美让你眼神发楞。树下种植了橙红得耀眼的龙船花，园林的技师其实也是艺术家，他们讲究高低错落，颜色匹配，知道怎么样布置能将美演绎得生动和谐。

靠近沙滩边种植了厚藤，有点像我们农村种植的蕹菜，开紫白色呈漏斗状的花儿。在我拿着手机专注地拍摄时，忽然“大珠小珠落玉盘”似的雨点打在我身上，我惊叫着，以为下太阳雨了。只见文友一脸淡然，仔细一看是装在沙滩边自动浇花的水管正在向四周喷洒，难怪厚藤长在银白色的高温沙滩上没有丁点儿憔悴的痕迹，原来是有人工降雨降温。好几年不曾亲近大海和沙滩，那时一到海边就会让我想起浪花、沙滩、椰树、外婆的彭湖湾，这些老掉牙的词汇和歌曲。这次被冠以“天下第一滩”的北海银滩之行，让我的词汇丰富了许多，很多我不敢想象的植物都在这“翻云覆雨”的沙滩边安家落户了，让我感觉美不胜收，韵味悠长。

在银滩上我见到了茂盛的榕树，很少见到独木成林的奇观。我和文友正思考着，为什么内地很多榕树会长出足够多的气根，气根从潮湿的空气中吸收水份，落地入土后的“支柱根”，使大树从土壤中吮吸了更多的养分，形成枝繁叶茂、独木成林、遮天蔽日的景象。我们想大概是经常海风海啸、潮起潮落的自然环境让气根无法扎根沙滩，棕色的气根像无根的浮萍在空中随风飘荡，像年迈的老爷爷的胡须无精打采。我们好奇地靠近它，握住根须拍照留影。榕树主枝干依然敦厚壮实，傲然挺立，生机勃勃，呈现“绿荫满城，暑不张盖”的气势，怪不得福建福州将榕树列为省树、市树。在很多城市将榕树用于景观树、行道树来养护，它们会形成一把天然的遮阳伞，让行人感受到自然的荫凉。

偶尔也能见到一棵滋生了好几根长得比较扎实的气根榕树，我琢磨着那应该是在别的地方搬运而来的早已长成多子多孙的气根榕树。不管用什么方法打造，银滩边的植物群落给人千姿百态的美感，好像来到了热带植物园，有我们常见的三角梅、琴叶榕、散尾葵、大花紫薇、狼尾草、米兰、芦竹……这么多常见的花草植物安然无恙地生长在银滩边，让我们没有一点行走在沙滩边的感觉，内心充盈了“人定兮胜天，半壁久无胡日月”的气概。

还有枝干像棕榈的旅人蕉，比我们内地的美人蕉气宇轩昂多了，高大蓬勃，飘逸别致。据说地处热带的非洲沙漠异常干燥，天然的饮水站，不是清泉就是这种叫“旅人蕉”的植物。传说这种植物营救了非洲的一支骆驼商队，商人让骆驼吃这种植物，结果涌出了大量的水源，解救了虚脱了的商人们，后来就称这种植物是旅行者的救护神，故称之为“旅人蕉”，也被人形象地称为“水树”。

文友发现了一棵高大的花树，从远处看紫红紫红的，我误以为是凤凰木，原来是苹婆。花的形状就像展翅飞翔的漂亮蝴蝶，黑色的果实随时都会掉落地面，像即将迸开的豆子袒胸露乳的，半点羞涩的情怀都没有。我好奇地捡了几颗，带回了湖南培育。曾经以为只要有合适的温度、水分、阳光，没有不发芽的果实。它们藏在泥土里快一个星期了，也没冒出芽来和我打个招呼。“苹婆”相传由唐代三藏法师即唐玄奘从西域传入，因每年农历七月初七“乞巧节”（七夕）用它来供奉，因此又名“七姐果”。听说它果实的味道如同板栗，味微甜而香，爽脆多汁的口感比板栗更胜一筹。我期盼着它们能长出芽来让我培植成“参天大树”，结出更多的硕果分享给爱好植物的朋友们。

在靠近海浪的中途有几棵散布在沙滩上貌似我们老家松柏树之类的植物，高大葳蕤地矗立在周围杂草不生的沙滩上。原来是大麻黄，它喜高温多湿的环境，适合生长于海岸的疏松沙地，抗风浪、抗沙埋，耐干旱、耐盐碱，怪不得在沙滩上，任海风海浪的侵蚀，依然风华正茂稳坐“钓鱼台”。有很多新栽的高挑一点的树木，都被三根铝材斜撑着，以防海风沙尘将它们“肆虐”得东倒西歪，几年后它们长结实了，根基稳固了，才被松掉“器械”。这让我想起“十年树木百年树人”的谚语，一个人小时候如果不走正道，被“歪门邪气”的不正之风所侵袭，那么将成不了“栋梁之才”，万事万物的原理真是息息相通。

最后还看到了叶子貌似龙舌兰的露兜树，它生长在海岸线的最前缘，叶子可编凉席、草帽等工艺品，叶片排列层叠有序，给人刚劲有力之感。叶片螺旋向上，听渔民说有时来运转、鸿运当头之意，深受大家青睐。

行走到一个地方，因经纬度不同，适应于生存环境的植物不同，植物不同酝酿的气候也不同。“读万卷书，行万里路”，道路两边的植物可是研究不完的学问啊。

贫困户家的木瓜树

“人间四月芳菲尽”“最美人间四月天”。四月是大地回春、万物生长、鲜花绽放的美丽时光，也是历代文人墨客最喜欢的光阴。在走访我联系的贫困户院落，忽然发现一种树木开着粉白色的花，花型俊秀，以前似乎从未见过，用手机一扫是“木瓜”，和贫困户的男主人侯师傅交流，还真是我们平时女人最钟爱的木瓜，他说木瓜成熟了可用于泡酒、水煮、蒸熟了吃，有解酒、去痰、顺气、止痢的作用。

见着了木瓜树的叶子和花，让我脑海中瞬间展现一个画面，曾经餐桌上每位女士桌旁放着一个半边葫芦形的小船样的水果，里面是黑子黄瓤儿，有的挖空了，放的是牛奶。那时懵懂的我还不认识木瓜，吃了第一次后刻骨铭心了，知道木瓜是女性最好的美容水果。五月上旬，我再次走访侯师傅家，木瓜已结成了拳头大小的果实，青青的、光滑的外皮，有着凹凸不平的形状，有点像青黄色的鹅蛋。我恨不得马上将它们晒到微信上和大家分享，试了一两次信号不好便放弃了。我坐在侯师傅家仔细查阅百度上的木瓜资料，主要是查阅能否扦插，待我还没来得及打开手机，侯师傅就说：“待会儿我挖一棵给你回去栽，下面发了好几棵树苗子。”“哇，那太好了。”忙完工作上的事情，侯师傅拿着一把锄头，很轻盈地站在了山坡边上，让我很是担惊害怕，生怕他站不稳，连人带锄滚下坡去酿成大祸，再三叮他小心一点，“没事，熟门熟路的，不用担心。”几分钟一棵小木瓜树苗就被侯师傅挖出来放在了我面前。我是真的很感动，内心又有些许不安，我虽然喜欢植物，但无缘无故拿别人家一整棵植物，尤其是贫困户家的更是忐忑不安。我说下次赠送他一株柠檬树，他像小孩子一样眼睛里闪现出兴奋的光芒，点着头说好。“物物交换”从古至今都是有的。偶尔折别人家植物的一点点枝条回来扦插我没有内疚感，毕竟不影响它们的生命，还可以让它们的子孙后代开枝散叶。

喜欢木瓜，还源于《诗经》中的《木瓜》，心里总是涌现一份真实的美感，仿佛那木瓜的奶香不断在我的味蕾上跳跃，甜美绵长。

“投我以木瓜，报之以琼琚。匪报也，永以为好也！投我以木桃，报之以琼瑶。匪报也，永以为好也！投我以木李，报之以琼玖。匪报也，永以为好也！”诗中的木瓜和琼琚，隐匿着上古时期人们生殖崇拜的痕迹。木瓜有子，象征女性，女子若以木瓜相赠，寓意以身相许；坚硬的琼琚象征男性，男子回馈随身携带的美玉，意味着承诺永结秦晋之好。古人相亲是多么有趣味的事情啊！

据植物专家朋友说，看了我发的微信图片，侯师傅家的木瓜就是诗经中的木瓜。《诗经》中的木瓜不是我们现在常吃的水果木瓜。水果木瓜又称番木瓜，是外来品种，明代中晚期才传入中国闽粤台一带。而《诗经》中的木瓜是地地道道的中国原产植物。喜欢木瓜，更喜欢木瓜树开的花，宋朝诗人王令曾写过一首《木瓜花》：“簇簇红葩间绿荄，阳和闲暇不须催。天教尔艳呈奇绝，不与夭桃次第开。”现在读来真是让我觉得古人比我们现代人浪漫而有情趣多了。

想起曾经去海南旅游，随处可见的木瓜树和椰子树，想起它们都是热带水果植物，没想到在我们湖南也能见到最原始的木瓜树种。从海南回来的前一天，爱美的好友买了两箱水果快递回湖南，其中就有一大箱是木瓜。回来后置于冰箱慢慢吃，吃到过完年冰箱里还有食之无味，弃之可惜的木瓜，农民家庭出身的她最终还是吃了，结果上吐下泻，最后不得不去医院打针吊水，还吃了两天药。当时我们就想要是我们这儿能种植木瓜就好了。

这下好了，梦可以圆了。我已拥有了种植木瓜树的机会，尽管品种原生态，果子会瘦小点，我想味道或许也会有很大区别，但美容健体的功效不会有多大影响吧。我憧憬着将它栽在我家露台上，以后再移栽至我家小院里。好不好吃不是很重要，想想它的花和绿绿的叶，高桃的身材，秋天再挂上黄黄的果子就已经很美了。多少年后见到它就像见到我家的亲人侯师傅。

女贞

春天和文友散步于田间地头，从很远处瞧见一家农户门口开满了一株硕大的花树，蜂飞蝶舞在层层叠叠的花儿上。走近一闻，香味淡雅，用手机一扫：女贞。原来这就是女贞树，太美了。它的树木姿容和秉性可以用《本草纲目》中的一句话来描叙："此木凌冬青翠，有贞守之操，故以贞女状之。"传说是古代鲁国一位女子的名字。因其"负霜葱翠，振柯凌风，而贞女慕其名，或树之于云堂，或植之于阶庭"。中国明朝浙江都司徐司马，下令杭州城居民在门前遍植女贞树。文友介绍了女贞的故事以及它的文化，再看眼前神圣的女贞树让我对它肃然起敬，挨挨挤挤的花儿把绿色的叶子都给遮挡了。让我想起，杜甫的诗句："黄四娘家花满蹊，千朵万朵压枝低。留连戏蝶时时舞，自在娇莺恰恰啼。"

女贞树型高大，可达十余米，树皮深灰色至浅灰色，叶片深绿色，叶子脉痕明显，绽放出淡黄色或乳白色的圆锥形花序，花朵隽秀，一朵花只有四片花瓣，两个花蕊，清香入鼻。经历了春雨淅淅沥沥的洗礼，有的花儿"化作春泥更护花"了，大部分花朵会结成小小的形如"人的肾脏"的果子，按照中医"以形补形"的说法，能够补肾健体也是自然而然的了。《神农本草经》认为女贞子具有"主补中，安五脏，养精神，除百疾。久服肥健轻身不老”的效用。《草本备要》中说女贞子可以“益肝肾，安五脏，强腰膝，明耳目，乌须发，补风虚，除百病”，可见女贞子“太有才”了。难怪药店、医药公司纷纷收购。

小时候，嫂子和村里的一些已婚妇女、阿姨们每年冬天都去采摘蜡树籽，回来拣好洗干净，放在太阳下晒干或放在火上熏干，送去朱亭镇的药店卖钱。那时我仅知道蜡树籽就是树上结的一种褐色小果子，可以当药用，现在才知道原来是女贞子。

女贞，虽然为亚热带树种，但在湖南的荒山野岭、庭院路旁随处可见，它们枝繁叶茂、果实累累的形象人见人爱。可种植于道路两边、堤岸塘边、庭院，只要可以生长植物的地方都有它们的身影，还可种植成篱笆形状。它是一种我们湖南常用来观赏的植物，采用播种、扦插、压条繁殖。叶子可蒸馏提取冬青油，成熟果实晒干为中药女贞子，有明目、乌发、补肝肾的作用。

早几年随诸多书法老师去衡阳石鼓书院，饱读了很多人文史料，参观了人文、自然景观。在合江亭的左右两边都有一两棵引人注目的女贞树，树枝光秃秃的，留下黑紫黑紫的果实悬挂在枝丫上，衬托在雕梁画栋的建筑物周围。黑黑的果实稳稳妥妥地挂在树杈上，树叶全被风霜雨雪侵蚀了，那美味的果实是留给鸟儿过冬的。鸟儿吞食如未消化排在别处，又为女贞子播撒新的生命。

看到它们独特的画面，当时我就有想写写女贞树的冲动。有这么美的女贞树才可以与合江亭门柱上的“石鼓双江水，昌黎一首诗”的好联相配。也不知那些遒劲苍桑的女贞树是何年何月才生长起来的，可否入了当年遭贬的韩愈先生之眼，韩先生途经衡阳，为石鼓山美景所迷，触发灵感吟诗一首“红亭枕湘江，蒸水会其左。瞰临眇空阔，绿净不可唾……”尽管景色很好，因仕途受挫而被贬，不由得悲从中来，感慨万千而觉得自己时运不济。

时光荏苒，岁月蹉跎。我们要修炼出文学家范仲淹的胸怀，“不以物喜，不以己悲”；多学学陶渊明的“采菊东篱下，悠然见南山”的无我境界；多接触大自然的花草树木、山水风物，那种诗和远方的生活自然而来。

人见人爱的龟背竹

刚认识龟背竹是因为一位女同事在网上购买了一个小型的盆栽植物，回家后换了一个大盆子，几个月后我问她怎么样，她说长得极好，且展示了高大葳蕤，叶子葱郁，片片开了背，颜值爆棚的图片给我们欣赏。喜欢“拈花惹草”的我自然是心向往之，一次见二哥的花木基地有好多盆东倒西歪的龟背竹在那儿努力地生长着。我便索要了一株，回家后置于露台，无论严寒酷暑，它们都长得好好的，冬天的叶子全落了，春天又长了出来，家中植物太多，无法视它为掌中之宝，将它作为平常植物“散养”着。

历经了两年零度以下的低温，它依然生机焕发，也许是高楼大厦挡住了最为凛冽的寒风，让它在零下几度也能安然无恙。同样种植柠檬树，公公婆婆家的枝条全被冰雪冻成了“木乃伊”，来年才从底部生发新的枝条，导致新的一年无法开花结果。如果周而复始，永远尝试不到清香而又微酸的柠檬水。但在我家露台种的却根深叶茂，冒着严寒绽放芳华，这样的经历让我可以放心地将很多怕冷的植物坦坦荡荡地摆放在开阔的露台上了，龟背竹也不例外，还有很多在室内养得奄奄一息的植物，拿到露台上沐浴阳光和雨露，两三个月就唤发了青春活力。

龟背竹叶形奇特，孔裂纹状，极像乌龟背上的花纹，茎节粗壮又似罗汉竹，故名龟背竹。它的气根为深褐色，纵横交错，形如电线，又似长者的胡须。是室内大型盆栽观叶植物之一，很受人青睐，适合放在客厅、大堂、过道等地方，春夏秋冬给人展现出翠色欲滴的姿态，很是惹人开心。我们家的龟背竹生发了好几个枝条，枝条上长出绿意盎然的叶子，美极了，像一个年轻女人的头发蓬松而有活力。在做文学艺术活动时，我请文友帮忙将其搬到工作室里，放置在一个花架子上面，使它显得高挑一点，让其进入拍摄的图片之中，使画面富有鲜活的力量。

听朋友说龟背竹种植五年以上就极易开花结果，八、九、十月份开花，花形与白掌的花有点相似之处，花苞都是佛焰状的。第二年果实才能成熟。开始像一个绿色的玉米棒子，历经寒霜酷暑，它慢慢熟透，渐渐变成一个金黄色的玉米，味道像凤梨，又有点像香蕉。台湾人便给它取了一个凤梨蕉的名字，又叫蓬莱蕉。人们称它为“神仙赐给的果实”，营养价值还蛮高的。为了早日品尝自己种的龟背竹果实，我赶紧又将它搬回露台，放在有树荫的地方滋养着，期盼着早日开花孕果。

龟背竹是一种粗犷型的盆栽植物，喜欢高温高湿，忌强光暴晒，喜欢散射阳光。也可将它们栽在池塘边、溪水旁、水沟里，以及假山石缝中，非常具有山野之趣。它是极易繁植的植物，可以扦插而活，每年春季和秋季，取其粗壮的插穗保留两到三个芽，保留气生根，尽量不留叶子，没多久就可发芽移植。嗜好种花草植物的我们就这么扦插着赠给亲朋好友，让龟背竹摇曳生姿地传递着友谊和亲情。

拯救一棵幸福树

搬新家时，在经营花草的哥哥那选了一棵高挑的幸福树，两三根枝条上长着零零碎碎的叶子，有点营养不良的样子。我是有意挑战我养花的能力，好的让客户买走了，我相信能把它养好。如今在我们家南阳台上长了有三四年的光阴，因光线强，水份足，又施了几次磷肥，叶片明显“油光放亮了”。在一次文艺沙龙活动中，一位文友突然告诉我：“你们家幸福树开花了。”从那以后我才认真审视幸福树，原来高大粗犷的它还能开出喇叭形状的倒挂金钟般的花儿，成双成对地绽放，心中那个欢喜劲儿甭提多开心了。

后来在楼下有一个门店已经不对外营业了，全用于举办文艺沙龙活动，装修在原有的基础上稍修饰了一番。为了使拍出相片的效果亮一点，我和文友们费了九牛二虎之力，将这棵幸福树从三楼移至一楼，放在中间的位置，前不挨门后不靠窗的，采光通风和楼上比相差甚远。心里安慰自己，幸福树喜阴，应该没事吧，大不了不开花，欣赏叶子好了。大约过了三四个月，它就开始掉叶子了，我已意识到问题的严重性，赶紧把它搬至后窗台边，让它通风，偶尔有一点点散射阳光“沐浴”着。没多久，一根枝条明显枯萎，另两根也萎靡不振，不久，死的那根旁边长出了一根新的苗子，我以为没大碍了，又过了一段时间，新苗也夭折了。想起它曾经枝叶的婆娑、花儿的可爱，我真不忍心它就这样离去，赶紧搬至露台。当时已近年关，又怕下雪天冻死，想起楼下茶楼两棵露天幸福树开业至现在六七年了，不管天气怎么恶劣，一直好好的，我也就心安了。

翌年，它没有我期盼的那样发芽长叶，用手抠抠它的树皮，里面明显还是绿色的躯体，证明它还活着，为什么就没有生发新芽的能力呢？我用剪刀剪下两三节，将它们扦插在花盆内，都长出了新叶，有一根竟还打出了一对花蕾，花蕾贴着泥土上绽放，可是不久就“香消玉殒了”。至今留存一根扦插的活下来了，今年又长出了几片新叶，我想不出意外应该可以“长大成林”了，可那棵母枝条依然绿着依然发不出芽，我把这情况反馈给植物专家，专家说再这样持续下去它也不会发芽长叶了，没多久就会慢慢地死去。我想起公公家的柿子树，割掉上面主枝干然后用塑料扎紧，新的枝条就旁逸斜出了，我也如法炮制。可惜我没有锯子，就用废弃的菜刀先竖着砍下去，一分为二，然后再横着砍两边，这样容易多了，砍得参差不齐也不理会了，我是将它“死马当作活马医”，活不活也就这样了。找来塑料袋，胡乱扭成一团，用带子捆紧，这是为了防止蒸发主枝干的水份。又过了一个半月，一天，无意之中见到旁边长出了一根新苗子，那种兴奋之情，不亚于我考驾照过关了。

有的人说，买一棵树几十元至几百元不等，为何这样折腾，这么小的树还不知几年才能开花。可我就喜欢这样，看着它们由小变大，由弱变强，见证着它们一起成长，那种开心之情是发自内心纯真的感受。买一棵风华正茂的植物放在我家只能见证它们日渐衰落的过程，那种感受是我不想体验的。

鸡屎藤

第一次认识鸡屎藤，缘于早两年一位文友说他家有红色的金银花，他很热情地从长沙捎来七八根枝条给我回来扦插。记得好像是清明节前夕，插下去的藤没多久就发芽、长叶了，兴奋得我又是拍照又是分享的。没几个月已经长得一米多高了，叶子墨绿而茎脉分明，比起金银花的叶子显得粗犷而有精神，枝条也极为不相似。我以为是科学家们研发的新品种，有所不同是正常的，没多久打出了细小细小的花蕾，开出很秀气的那种紫白色的花，我忍不住用手机识花软件扫了一下：鸡屎藤。

我打电话给文友，“质问”他是不是折错枝条了，他说没有啊。带着近视镜的书生文友是一个国有大公司的老总，大事聪明小事糊涂的事哪有不发生的。我看山上、田间、地头、小区绿化丛中随处冒出一根鸡屎藤，太普通了，“毫不留情”地扯掉了它，好腾出“寸土寸金”的阳台位置，让给那些颜值高的植物。

“五一”假期在乡下婆婆家度过，婆婆院子里有一根来势迅猛的藤状植物，婆婆问我是不是我种的，貌似鸡屎藤。我也记不太清，反正城里家中有的只要能插活的植物都会往乡下家里“复制”，我用识花软件确认还真是鸡屎藤，上面还介绍了它全身是宝的好处。

婆婆听了“鸡屎藤”三个字很是开心，说她早两年喝了好长一段时间鸡屎藤炖驴膏的药，治好了她的腰椎病，那时还委托了好多邻居帮她寻找这种中草药。这下好了，以后常常可以吃这个神奇的植物了，让她晚年生活减少些痛苦。

从婆婆受益于鸡屎藤这件事，让我对它不得不另眼相看，虽然名字难听，味道也有几分难闻，但“良药苦口利于病”。我在很多科普资料和美食视频上获悉，鸡屎藤叶子加黏米、糯米粉或面粉制作的美食种类繁多：鸡屎藤糕、鸡屎藤饼、鸡屎藤粉……将鸡屎藤叶凉拌、素炒、炖汤都是很好的美味佳肴，尤其在广东佛山、江门、茂名、湛江等地方的清明节前后必做与鸡屎藤有关的美食。春天漫山遍野的鸡屎藤最嫩，洗净晾干，磨制成粉末，加上黄糖、红糖和水至锅中煮熟，倒上糯米干粉，拌砌成面团，捏成小块面饼，蒸熟便入口可食了。其味清香“不臭”，沁人肺腑，具有祛风利湿、止咳、止痛、解毒、补血、消食化积等功效。有点像我们湖南的蒿草粑粑。在广州农村久咳不愈时鸡屎藤熬汤是必不可少的法宝，常住广州的姨妈说起它们也是倍感欣喜。

我赶紧把相关的微信视频转发给能干的婆婆，明年我也想尝尝从未吃过的鸡屎藤系列美食。

喜欢花草，嗜爱植物，还真给我带来意外的惊喜与收获。

藤三七

一次，去一位美术老师的老家见到了他窗台上无人打理的藤状绿色植物，勃勃生机的样子让你感觉不到主人很久未归，老师说这种植物叫藤三七，掐点回去吧可以插活，可以吃也可以当药用。

懵懂的我以为它就是平时我们所说的三七。其实不然，藤三七，学名叫落葵薯，是因为它的根状茎上长有大量不规则疣状块茎，掰下来晒干，无论颜色还是外形都和名贵药材三七长得及其相似，所以得其名，又叫土三七。在自家露台上种植七年多了，对它有几分了解和喜欢，它是多年生缠绕藤本植物，生命力超级强大，耐热、耐旱、耐涝不耐寒，你怎么对它不理不睬，甚至近乎于虐待它，它都欣欣然地为你展示“顽强拼搏、昂扬向上”的姿态。露台上风大，我懒得搭棚架，待它们长得一两米长，就会毫不留情地将它们剪来当蔬菜吃，隔一周左右就可炒上一大碗绿色的叶子和嫩芽当主食吃，里面放少许米饭，一起津津有味地吃下肚。有时一点盐都没放，有时放一点点，味道有点绿木苋菜那般滑滑的感觉，怎么吃都觉得爽口。当今营养学家倡导人要吃百分之八十的植物性食物，百分之二十的动物性食物，尽量每天少吃点盐。追求身材苗条的我吃起来还特来劲，母亲、老公、儿子都不想尝试着吃，我吃了几年感觉效果确实不错，去年在美容院测内脂还真降了三个点。我竭力推介家人朋友同事到我家弄点回去种植。

一天，步行上班的途中，见一位农家妇女在菜地里忙活，她家也种了藤三七，用三根木棍当支架，上面爬满了藤藤叶叶。我主动与她搭讪，她说这个植物非常好，去年他老公从两层楼上摔下来，腿骨折了。从医院做完手术回来后，她天天用它们的块壮茎炖骨头汤、炖排骨汤给她丈夫吃，她说这植物有消肿散於、滋补病后体弱的作用，说她老公的腿很快就恢复了，一点后遗症都没有，妇女感激不已地望着这一丛占地面积不大但长得很茂盛的藤三七。听了她讲的故事，我也特别开心。我们家露台上长满了浑身是宝的藤三七，时间匆匆都没用心品尝过清炖它们的滋味。年迈的母亲身体还硬朗，每次我将摘下的藤三七置于厨房，母亲都会抢着替我耐心细致地拣好，留着我自己去烹饪。母亲念叨了几次，这个也能吃，不会有毒吧，见我吃了几次安然无恙就没再操这个心了。

藤三七很容易种植，主要是用扦插和地下块茎繁殖的方法，对土壤的要求不高，只要有水有土，它们就成蔓延之势，不断地侵占相邻植物的领域，影响其他花草植物的正常生长。有专门种植藤三七当产业的，那是像种长豆角样地搭棚打架子的，不像我这般阻碍它们蓬勃发展。如果土壤十分肥沃，藤三七的叶子长得肉肉的、颜色绿绿的，一副水灵灵惹人欢喜的样子。根状茎上的疣状块茎随着时间的推移也渐趋长大，外表浅褐色，与洋姜的外形也有几分相似，拨开外皮，里面呈绿色，最里面全是纯白色的块茎，分泌出滑滑的黏液，像白薯的黏液一般。在南方它们均能安全过冬，在北方可要注意防寒防冻了。自种它们以来从未特意收藏过，春暖花开之日它们又会焕然一新展现在我的眼前。

藤三七营养丰富，含多种矿物质、营养元素、微量元素，含铁特别高，现在很多高档餐厅、酒店都有它们当作菜肴的身影，凉拌嫩叶、清炖乳鸡、排骨汤、清炒、煎蛋、炒肉，很受市民们青睐，在当今药补不如食补的年代，藤三七会越来越被人看好，也可与世人敬仰的三七药效媲美。它不但在药膳这方面让人念念不忘，在绿化行业，其顽强的生命力，擅长攀爬的能力，还有那秀气淡雅乳白色的小花，让许多园林和绿化设施行业的特别钟情于它们。

适者生存，有为才有位，天地生灵无不验证了这些哲理。

我家的柚子树

七年前早春的一个上午，母亲发现楼下有一棵被邻居扔弃的盆栽柚子树，蓝花白底的青花瓷盆很是吸引眼球。我们娘儿俩使了好大劲儿才搬到家，把它摆放在东阳台，干枯的身躯，浑身的褐色像极了失去生命力的树雕。我折了折它的枝条还有韧性，知道还可以活下去，赶紧浇上几碗水，滋润着它干渴的身子，仿佛听到它滋拉滋拉的喝水声。果然光秃秃的枝干没几天就冒出了嫩嫩的绿芽，十天半个月的工夫，浑身就披满了绿色的外衣，还散发出让人很想呼吸的清香，不过别把鼻子挨得太近，因为它枝条上长了一根绿色针样的刺。我在想，长刺是不是为了在荒山野岭处，防止山羊吃它们的叶子，防止果子还没成熟就被小孩摘了，很多植物和动物一样有自我保护功能。

年复一年，柚子树成了我们家最亮眼的植物。一年四季常绿着，长得枝繁叶茂，有一次还被母亲折得遍体鳞伤，说叶子太厚了，遮挡了光线，让我心疼了好久，好在柚子树很坚强，第二年又英姿焕发了。柚子树真是最好养的植物，隔三岔五给它点水喝就行了，极少施肥，记忆中好像施了一次复合肥，我经常将洗锅剩下干净的清水直接往上浇，这是节约用水的最好方式。它可不像有的植物那么娇贵，水多了浸死，水少了干死。它是怎么弄都适应，太适合与我这率性而为的人相伴了。

柚子树是我们湖南随处可见的植物，耐寒耐旱、耐贫瘠，山上、路边、庭院、江河边，只要有人类活动的地方，它们就可以生根发芽茁壮成长，既可当果树种又可当风景林使用。我们渌江风光带种了很多棵，每到春天，乳白色的柚子花挨挨挤挤地绽放着，淡雅的花谦虚低调地开着，扑鼻的香气随着春风熨帖着你的心肺；每到秋天，金黄色的果实亮在树梢，让我有儿时拿着竹竿扑打的冲动。时光一晃，儿时的美好一去不复返，只留有记忆在脑海里时常回味，我经常劝亲朋好友，种棵柚子树当盆栽吧，看我们家的长得多好，关键是好“侍候”。买棵琴叶榕、幸福树、平安树几百元，稍不留神就成了植物标本，柚子树苗可以自己播种，也可以随处挖野生的。挑个大大的花盆，里面尽量放足养料，将其栽好放在通风、有散射阳光的空间，它们就能长成“玉树临风”的范儿。不要像兰花、茶花、茉莉花等植物那样经常要换盆，改良土壤，增加肥料，换得花开不断。我们仅把它当绿色的植物养好了，尽管它有开花结果繁殖后代的功能，我们不能奢望太多，要知足常乐。我在想也许有一天它们可能会像幸福树那样在室内开花呢，好好待它，期盼着奇迹的出现。

我家的柚子树每年都会旁逸斜出地发出新枝，有一两根枝条特别调皮，倏地往上冒，今年就有一根长出一米多高，直插房顶了。记得去年我还剪去一次树顶，想让它长粗一点，枝条横着多抽几根。每年我会在立春前把柚子树上落满了尘埃的老叶子剪去相当一部分，它好像很懂主人的心思，在春风习习，柳芽泛黄的时光里换上新绿新绿的叶子，或者抽上几根纯绿纯绿的嫩枝条，就像婴儿的脸和手嫩呼呼的，让我和家人很开心。尤其在近两年的疫情期间，不出门也能让我们感受到“春色满园关不住，一枝红杏出墙来”的热闹。望着葱翠的柚子树，让我们时时回味儿时的童真。和儿时的伙伴们在饱经风霜的柚子树下玩游戏：踢毽子、跳“房子”、玩狼吃羊的游戏……一年四季在柚子树身边的情趣都不一样：春闻花香、夏享荫蔽、秋尝果甜、冬观雪景。

柚子树的名字让人听起来很是吉祥如意，柚子寓意“有子”，在有的地方嫁女户把金黄、香气袭人的柚子，放进陪嫁的衣柜里、箱子里，包裹在被子、蚊帐里，让处处“有子”，来讨个好彩头。娶亲户除了处处“有子外”，还把柚子放在神台上祭祀祖宗，祈求保佑。难怪常见很多寺庙殿堂的供台上摆着黄色的柚子。

这么多年了，这棵高大葳蕤的柚子树一直守护在我家阳台上，为我们遮挡尘埃、释放新鲜空气、亮丽居室……我的家人都已深深地爱上了这棵充满了灵性、美观大方的绿色盆栽，在露台上我又培育了一株新的柚子树，准备有朝一日搬新家时让它们都闪亮登场。

在钢筋水泥的城市森林，一棵草，一朵花，一株树，就足以宣告春光的莅临，就足以抵达心灵的深处，就足以阐释人生的美好。

竹影婆娑

周末我们去往附近的竹林山，一到那里，映入眼帘的就是一片壮观的竹林，一股清新的空气扑鼻而来，宋代黄庭坚“竹笋初生黄犊角，蕨芽初长小儿拳。试寻野菜炊春饭，便是江南二月天”的诗情画意展现在我们眼前，久居闹市的城里人早已向往这种“世外桃源”般的田园生活。

在众多植物中，给文人墨客灵感最多的恐怕就是竹子了。每次和文友们外出采风，大家最喜欢留影的地方就是有青青翠竹的佳境了。要么抱着伟岸挺拔的竹子仰望苍穹，是在期盼着胸有成竹，还是秉正不阿，两袖清风？要么来个排排座于竹林前，要么若隐若现于竹林中。最让我记忆犹新的就是苏东坡的名诗：“宁可食无肉，不可居无竹。无肉令人瘦，无竹令人俗。人瘦尚可肥，士俗不可医。”还有方志敏在革命的艰难关头写下了气贯长虹的史诗：“雪压竹头低，低下欲沾泥。一朝红日出，依旧与天齐。”“衙斋卧听萧萧竹，疑是民间疾苦声。”如磐石般坚强、如清竹般劲挺的郑板桥先生替为官一任的领导们敲响了警钟。

几千年竹文化的熏陶，让我们现代人对竹子怀着深深的敬意与欢喜的情愫。记得和夫君恋爱时，第一次和同事们外出旅游学习，漓江河畔婀娜多姿的凤尾竹镌刻在我记忆深处。那时我不知道竹子的种类繁多，误以为都和家门口的毛竹、楠竹一样，随着知识面的拓宽以及阅历的丰富，才知道竹子也和人一样“天外有天，人外有人”。我们邻镇有一种竹子叫“方竹”，叶子与其他竹子没两样，就是竹竿呈钝圆的四棱形，特别适合于做手杖和庭院观赏之用，笋肉味道鲜美甘甜，宋代张咏很形象地描述方竹：“枝枝方直绿参参，林叶疏红始见心。”由此可见方竹存在历史的久远。

去湖南岳阳君山，见到了传说中的“湘妃竹”，又叫斑竹，民间传说是舜二妃的眼泪染成。那缠绵悱恻、凄凉动人的爱情故事让人感动。一个景区的山山水水、花叶扶疏被赋予了人文情怀，彰显出文化底蕴，让人向往。

早三年，和两名文友去了云南腾冲，在那儿见到了今生我觉得最美的竹子——黄金间碧竹。正如文友姐姐所说，虽然名字有些俗，但形象气质高雅！夕阳西下，黄灿灿的竹竿上面镶嵌几条纯绿色的竖纹，与枝头上碧绿碧绿的叶子相呼应，美得相得益彰。当时我特想买几根竹苗带回湖南来培育，碍于找不到销售方，只能遗憾而归。几年了，我的心中还在念念不忘它们的飒爽英姿，正好朋友告诉我网上有卖，我想有一天一定买几棵种在我居住的地方，让它们天天和我相拥在一起。

尽管竹子种类繁多，但它们的用途大体是一致的，做美食、制工艺品、造纸等，这也是竹子能在大自然中大量繁殖的主要原因。

我也十分钟情于竹子，与童年时光，放学后就和伙伴们嬉戏追打于自家竹林中有很大缘由。用绳子吊一块木板放在两棵大竹子中间荡秋千；用笨拙的手拿着铁丝在上面刻着某某到此一游，或受了某某伙伴的气，刻一些脏痞话在上面。现在想起来是多么让人忍俊不禁。还有在那物质生活极度匮乏的年代，竹子生发出嫩嫩的笋尖，有春笋、冬笋之分，被灵巧勤劳的妈妈炒上丁点猪肉，停留在舌尖上的美味如“余音绕梁，三日不绝”。用它们的枝杈子、叶子烧火，很来劲，一瞬间把整个灶堂里半干半湿的杂草灌木引燃，烧出的火映红了半个屋子，炒出来的饭菜可香呢！有一次阴雨天淘气的我被父亲追打，我躲在竹林里好半天不敢出来，多亏竹子的枝枝叶叶像伞一样庇护着我，至今想起来还温暖如春！

一年四季竹子的景致韵味都不一样，春天如苏轼的“竹外桃花三两枝，春江水暖鸭先知”；夏天如孟浩然所描述的“涧影见松竹，潭香闻芰荷”；秋天如李白的诗“池花春映日，窗竹夜鸣秋”；冬天的竹子最美，如高骈诗人所写：“六出飞花入户时，坐看青竹变琼枝。”历史长河中还有众多文化名人吟诗作画书写美文赞美竹子，竹文化之所以源远流长，主要是它高风亮节的品格、刚正不阿的平民情怀、坚韧不拔的生长习性、无私奉献的家居用途让人们称赞。

好的东西，无论时空怎么转换，它们依然是被大家喜欢与拥有的，做人也一样，无论风云怎么变换，是金子总会闪光的，闪烁在历史的长河中熠熠生辉。

一棵橘子树的生发力

春天如候鸟回到了我们的身边，花草、树木一派欣欣然的景象，仿如穿了一件件新衣服来到了人世间，看着一棵棵开满了清新芬芳的淡黄色橘子花的树，触动了橘子树带给我力量与福报的记忆。

那是我念小学三年级时，语文老师布置我们写一篇橘子树的记叙文，写之前老师叮嘱我们要仔细观察、耐心回味。小时候物质生活贫困，精神生活贫乏，哪里有机会汲取课外书的营养知识，每天能够吃饱穿暖已经很不错了。

蹦蹦跳跳回家后，我搬了一条高凳子当写字用的书桌，放在我家橘子树的前面，一把木椅子给自己坐着，将一棵大人高的橘子树从脚看到头仔细观察了好几遍，先从橘子树的根、茎、枝、叶、果实详细描述了一个遍，然后回味平时吃橘子的馋样儿。第二天交给老师，老师看完眉宇间露出了喜悦之情，当场表扬了我，说我是全班写得最好的一个。

记得当时的语文老师是我的一个远房叔叔，平时不苟言笑，对学生可严厉了。身材虽不魁梧，但学生们个个敬重他，不敢在课堂上调皮捣蛋，上课个个眼睛瞪得溜圆溜圆的，丝毫不敢开小差。交作文两天后，语文老师将一张写满了蝌蚪样小字的白纸张贴在教室后面。大家跑去定睛一看，原来是语文老师用毛笔一个字一个字地把我的《橘子树》抄在了上面，那稍大的黑色书法字体，犹如镌刻在纯洁的白色纸张上，让人有读了童话的美感。那时的我受到了极大的鼓舞，如同我的处女作变成了铅字一般欣喜，从小立下志愿，一定要努力写好作文、读好书，跳出“日出而作，日落而息”的贫困农村。五年小学后我上了我们那的初中学校，三年初中生涯也看不出写作文有多厉害，读书依然不放松也不十分刻苦，该吃饭时吃饭该睡觉时睡觉。结果命运之神依然青睐我，以高出录取线三分成绩考取了我们县里第三中学，后来二哥托人将我转到第五中学（县里的重点高中）。在五中虽然成绩中等偏下，写作文的优势还显山露水了好几次，我想与小学时老师将《橘子树》当范文的鼓励是分不开的。高考名落孙山，走向社会以后，《橘子树》的生发力依然还在，我边工作边读电大，业余时间依然阅读，坚持写日记、写小文章。1989 年在省广播电台发表处女作《童年趣事——记我的第一次冒险》，然后不可救药地爱上了码字游戏，直到现在依然热爱。这么多年在《株洲日报》《文艺窗》《湖南妇女报》《湖南日报》《湖南散文》《济南日报》《花卉》等众多报刊杂志发表四百余篇散文，出了一本名为《推开门　推开窗》的散文集，第二本散文集就是这本《花语草韵》了。

一个学生的成长和成功来自于一个个好的老师，老师给学生的一次表扬、一场谈心，甚至一个善意的眼神，一个小小的举动……都足以让一个学生温暖一生，幸福一世。

喝点水就幸福的绿萝

自从住上大房子，我就养上了绿萝。第一盆是搬家时朋友送的，后来都是自己动手扦插，一盆又一盆，不但自己不用买，还插了好多送朋友。

绿萝是我见过的花草中最容易养的植物了，给点水就知足的植物。不管容器漂亮与否，只要浇点水有点散射阳光，它就能生根长叶，大家都称它们为“生命之花”。当然凭我这几年的经验，我觉得长在土壤里的绿萝比水培的容易打理。

去乡下提一些黄土或菜土，回来用塑料盆、瓷盆装好。剪下带有气根的绿萝茎杆，这样比纯插单片的叶子来得快些。每年寒冬或初春一结束，我就开始动手扦插绿萝。本来绿萝是生长在热带地区，常攀缘在雨林的岩石和树干上的藤本植物，生命力超级强大，但在湖南，要温度上升了扦插的绿萝才能成活。每一次我都会扦插大大小小四五盆，浇足一次水后，将它们放在露台高大植物的下面，任大自然风吹雨打。两三个月后，它们盆盆绿得叶子锃亮锃亮的，比花店买的都结实耐看，花店的绿萝都出自于花农的温室大棚，稍微没养好，让它们时冷时热、时干时浸，它们就“不辞而别”了。绿萝是喜阴植物，切记别放在太阳底下暴晒，晒上几小时叶子就黑乎乎的，元气大伤，只差根茎没死了。

绿萝是众多花友特别喜欢的植物，它们的品种可多了，有青叶绿萝、黄叶绿萝、花叶绿萝、银葛、金葛等，日常生活中养得较多的是前面三种。它们能装点书房、窗台、客厅、卧室，哪里需要它们，它们就能将藤蔓延伸到哪里。它们还能攀附于棕榈扎成的圆柱上，长成立体的圆柱形，摆放在大厅或办公室内，让大家缓解视觉疲劳，更常见的是大家用一个铁架子支撑着一大盆绿萝，摆放在合适的位置。还有很多用小塑料盆，一盆盆像小朋友排排座那样依偎在一起。各种姿态的绿萝舒展在城市的水泥钢筋中。叶片娇秀、气息清香，让人赏心悦目，让人感受到大自然的气息。

它们不但可以给我们带来视觉上的愉悦，更可以给我们带来呼吸上的清新。它们有“绿色净化器”的美誉。据说，十平方米以内的房子里摆放一盆绿萝，相当于购买了一台空气净化器。这也许是它们特别受朋友们青睐的主要原因。每当大家乔迁新居时，家里都少不了它们婀娜的身影。

记得我曾经养过一盆绿萝，沿着我长长的书柜蔓延，让艺术老师们眼睛一亮，问：“这是真的还是假的？”我说：“当然是真的啦！”艺术老师很诧异：“咦，绿萝还可以这么养，回去我也弄一盆试试，让我的书房也灵动起来。”可惜后来因我经验不足，冬季气温低，浇水过多让他们不声不息地夭折了。现在我可是养花高手了，湖南冬天的花大部分不用浇水，这样就能减少被冻死的概率。

为了让你居住的地方充满更多的生机与活力，赶紧种几盆绿萝吧！它们还能让你心态平和，知足常乐。想想它们喝口水就觉得自己是快乐的，我们还有什么理由不守望好自己的幸福呢？

种两棵枸杞在我家

枸杞有很多民间叫法，我们通常喊枸杞子。明代的药物学家李时珍说：“枸杞，二树名。此物棘如枸之刺，茎如杞之条，故兼名之。”读三年级时我的眼睛开始近视了，那时就知道吃鱼肝油和枸杞子对眼睛好，在物质生活十分匮乏的年代，这些都是奢华品。参加工作以后就能满足自己想吃的心愿。药补不如食补，枸杞养肝、滋肾、润肺，连叶子都补虚益精、清热明目呢。枸杞延年益寿的功能网上有好几个传说，不管真假如何我还是十分喜欢吃它们，泡在水里、汤里，很滋润。我梦想着有一天能过上房前栽花、房后栽树的生活，七年前过上了有大露台的日子，极大地满足了我种植花草、蔬菜、瓜果的愿望。

早四五年，侄女帮我在网上买了两棵枸杞树。为了不让它们的原生土剥落，我小心地将它们栽在花盆里，倍加呵护，静待花开。每天跑去将它们左看右瞧，一棵可能先天基因不行，春阳猛照两天就蔫了，另一棵还攒足劲儿长。在众多花儿绽放芬芳的时候，它居然也零零星星开了三五朵花儿，紫色的花瓣，浅黄色的花蕊，给人一种“怜香惜玉”的感觉，有让人一看就特喜欢的那种“狐媚”。到了湖南梅雨季节的时候，它就一声不响地“夭折”了。我没怎么伤感，更没像林黛玉那样把它们埋葬起来。人都有生老病死，何况两棵植物？在我印象中好像湖南不是种枸杞的地方，就此作罢。

一次去同学娘家做客，见她父母在菜园子里种的枸杞，像种豆角一样，搭了个棚子，枸杞树苗依托棚子往上爬，青翠的叶子上点缀了丰润饱满、晶莹剔透的红色枸杞子。看着这如画般的景致，让我想起了宋朝杨万里的诗句："枸杞一丛浑落尽，只残红乳似樱桃。"同学说，父母亲经常摘下它们炖汤吃，可鲜了，美中不足是容易生虫子。从那以后潜意识里想种枸杞树的愿望依然燃烧着，还想着种黑色红色两种呢。

今年春天和文友散步于街头巷尾，在一个平房的窗台下，见了一种植物，感觉似曾相识，用识花软件一扫，是枸杞。这竟然是我梦寐以求的枸杞树，这么久了都让我忘了它们的容颜，马上在百度上一搜可以扦插。我做贼似的掐了两根短小的枝条，抱着侥幸的心理扦插在露台上。一根面对蓝天，一根生长在落地窗的雨棚下，半露天。扦插植物是我获取植物品种最主要的来源，每次都会将植物放在喜阴喜阳的两个空间，这样总有一根能成活下来。果不其然，十天半个月，它们俩居然都披着嫩嫩的绿色衣服，呈抛物线形状飘摇在暖暖的春风中，心中的窃喜油然而生。在落地窗下的那棵，攀着一棵平安树长得几乎触摸到窗子上的雨棚了，我把它们搬到外面，将它的身子与木槿花的枝条依存着。它们太弱不禁风了，纤细的枝条似乎无法独立撑起整个树形，也许是我没给它们施足肥料，让它们虚长了，像没见多少阳光的铜钱草，窜窜地往上长，瘦长瘦长，铜钱叶一丁点儿大，美中似乎有些不足。

另一根枝条扦插在一个曾经种植杜鹃花的盆内，它长得与盆子极为协调，发了数棵枝条，俨然量身订做的盆景。在"正是橙黄橘绿时"，它竟然开出了第一朵花，让我这位爱花的主儿，仔细观察了好几天，然后憧憬着明年这棵盆栽将会是多么的蜂飞蝶舞，将会是多么的果实累累。

原来枸杞并不只是生长在枸杞之乡的宁夏，它其实是非常耐寒的，在零下二十五摄氏度依然能够存活，只是大家没有种植的习惯而已。喜欢莳花弄草的我决心将没有种过的植物，在条件许可的情况下都要将它们拿来尝试尝试。只是没有经过主人的允许折一点小枝是不道德的，广义上讲，这应该也不是十分有伤大雅的，我是很博爱的，我常常把好的植物分享给大家。在立冬之初，我再次到春天折枸杞的地方散步，我痛心地发现那棵曾经茂盛的枸杞树竟然变成了植物标本，全干枯了。今年天气确实太干旱了，或许主人家这几个月都没回来，无人关心它的“冷暖”，但愿来年它能“春风吹又生”，实在不行，我再折枝帮主人扦插回去，对我平时“手痒”的不好习惯进行“赎罪”。

喜欢拈花惹草的我，每天无怨无悔地忙碌着，为它们浇水、施肥、整枝，期待着来年能够欣赏着摇曳多姿的枸杞树，烹饪着自己种植的枸杞子做的汤，品尝着大自然赐予我们丰厚的美食。

看冬天之树如春天般美

从小读老舍先生写的《济南的冬天》，一直向往着踏上这片热土，初冬之日果然实现了向往已久的梦想。我们观赏了济南的趵突泉、黑虎泉、大明湖、泰山等名泉、名湖、名山，在济南住了一个星期我就有了非常喜欢这座城市的感觉。

冬天天气晴朗，树叶五彩缤纷，让我每天感觉喜气盈门。看那黄灿灿的银杏，仿佛照亮了大半边天。在山东省图书馆的右边，种了好多棵银杏树，枝干虬曲苍劲，树叶落满了一地，恰似遍地都是黄金，树上仍是锃亮锃亮的。在孔庙、孔陵、孔府、黑虎泉那里均能见到零星的几棵银杏树，在众多绿树丛中突然生长着酷似摇钱树般的银杏树，那种欣喜与兴奋触动着人们的心弦。坐着各种车辆穿行在市区也能在行道树中瞧见它们倩丽的身影。济南的朋友说银杏树生长较慢，寿命极长，树龄二十年才能挂果，四十年后才能大量结果，又叫作“公孙树”，有“公种而孙得食”的含义，有“桃三杏四梨五年，无儿不栽白果园”的传统农谚，据说经过科研人员的辛勤付出，现在可以三年挂果五年盛产。全身都是宝的银杏树具有观赏、药用等价值，被济南的兄弟市临沂列为市树。

看那“霜叶红于二月花”的枫树，给我印象最深的是济南博物馆门前一棵硕大的枫树。树形高挑而枝叶繁茂，叶子颜色黄中带红，估计是还欠阳光的火候，爱美的男女老少都会在那摆着各种姿势与它合影，那种激情似火的气氛好象是济南人们在欢迎你。还有五彩斑斓的栾树，几乎都是当作风景树展现在大街小巷上，它们有的已经被风霜侵蚀而失去了往日的风采，有的依然让人看起来很美。出租车司机说现在冬天的温度似乎升高了，很多树叶在往年早掉光了，现在依然能看到很多绿色的树叶。我想也许缘于科技的发达，很多景观树经过引进、嫁接后能够耐热御寒，很多城市一年四季有如春暖花开般的感觉。可爱的老舍先生肯定不能像我们这般大饱眼福，没有瞧见过这么多美丽的树种，还有趵突泉内五颜六色、各色造型的菊花。

提到济南的树种最不能忘记的就是“七十二泉”边婀娜多姿的杨柳，自古就有“家家泉水，户户垂柳”“四面荷花三面柳，一城山色半城湖”的美誉。趵突泉景区里树呀、花呀种类繁多，各领风骚，杨柳似乎也不是主角，但还是有几棵年岁不轻的柳树，虽然初冬来临，柳树的姿色好像也没逊色几分。黑虎泉景区柳树更多，沿着巷子两岸密密麻麻，柳条随风摇曳的妩媚姿态倒映在泉水之中，处处可见清泉石上流的山水画面，那种情境让人感觉很是宁静，很是舒爽。这么美的地方怪不得孕育了李清照、辛弃疾等众多历史文化名人，还吸引了李白、杜甫、苏轼、老舍、季羡林等名人雅士先后在济南生活、游历或求学为官，故造就了当今济南历史文化底蕴之深厚。当今很多大型的文化艺术活动都在济南举办。

近年来特别钟情于植物的我，到一个陌生的地方就对它们非常关注。去泰山的那天，我在失落中找到了欣喜，在我的印象中山都是郁郁葱葱，而我远望泰山一片灰茫茫的气势让我心生颓废。我喜欢暖色调，坐车盘旋而上，渐渐地看到了五颜六色的成片树木。上到半山腰，在一个卖小吃的店旁，见到了一棵开满淡黄色花的连翘树，花朵优雅夺目，激起了我愉悦的兴致。连翘树的树型并不伟岸如同伞状，树叶全掉落，而隽丽的连翘花开满了枝枝丫丫，香气淡雅，满枝金黄，顿时我有点羡慕卖小吃的夫妇每天与连翘树相依相伴是何等的浪漫。夫妇俩见我用手机拍了好几张相片，他们俩和颜悦色地争相介绍，说这种树初春、初冬都会开花。一路上山，在途中再次看到长满一排的连翘树，有点像迎春花落叶后的造型，有的还在开花，有的已经结出了小果实，我捡了一些小果实，看看能不能在我们那里繁殖。一边上山一边在心里嘀咕着，泰山海拔高，冬天气温低，大部分绿色植物都已光秃秃，一派萧条的景象。仅有松柏类植物还在贡献着绿色，连翘还在绽放着花蕊，一路上山仅见到了一种大红色的小果子挂满了树的枝头，用识花软件识别为“沙棘”，在众多山头都挂满了这种喜庆而又玲珑的红色果子，给游人拍照增添了些许情趣。原来这三种植物都喜光、耐寒、耐酷热、耐风沙及干旱气候，对土壤适应性强，“适者生存”真是适应于万事万物啊。尤其是沙棘耐干旱、耐贫瘠、耐冷热为众多植物之最，怪不得在泰山诸多地方都能见到惹人怜爱的沙棘果子，丰硕的果实悬垂在大小枝丫上。不知是因为寒冷还是什么缘由，很少在山上见到鸟儿，更见不到虫子了。沙棘果子也只能自生自灭，没有被鸟啄动的痕迹，直至大雪纷飞之时才会慢慢消失。松柏树的叶子在冬季虽然还是绿色，但比起春、夏、秋季，颜色要差多了。为了确保能安全过冬，松柏树不得不减弱叶内的光合作用，这是它自身的调节保护。看着它们在冬天还能绽放着如此绚烂的“容颜”，让你觉得不枉千里迢迢来到泰山。其他植物虽然没有了“绿色衣服”，有的似乎斑驳苍老，其实刚劲有力，如同书画作品中的线条力透纸背，悉心欣赏到处都是耐人寻味的水墨画。

回到家乡，我的脑海里常常会回想起短暂济南一行的各色植物，尤其是在干净而井然有序的大街小巷、人声鼎沸的各个景区，那些造型和颜色格外突出的树儿们特别让我牵挂。

我与香樟树

小时候，香樟树在我的印象中就是非常好的树种。记得我才几岁时，母亲就和父亲说，家门口这两株不大不小的香樟树不能随便砍了，留着女儿出嫁时做“挑箱”（农村女孩嫁到婆家时，用来装衣服及贵重物品的箱子）。每当看着郁郁葱葱的香樟树如同一把把大伞撑开在蓝天下，一股股暖流便流淌在我的心中。

二十三岁我恋爱了，二十四岁我准备结婚了，父母亲请来了全村最好的木匠漆匠，敲敲打打、刮刮刷刷，为我制作了一担紫红色油漆的箱子，箱子上安装了两把铜锁，看上去古色古香的，有几分精致。里面放了左右邻居赠送的花布或已经做好的新衣服，还有数字可观的银行存单，一部分是自己毕业后挣的，另一部分是结婚时父母给的，据说这是女儿去婆家有没有面子、有没有话语权的重要依据。母亲问我钱有了不，我懂事地点点头，父母双亲系普通的老百姓，含辛茹苦养大了四个子女，我怎能光顾着自己的脸面呢。出嫁那天，父亲忍不住双手抹眼泪，母亲坚强地对我说：“妹子不要哭，又没嫁好远，交通便利，随时可回啊，待会儿哭坏了化好的妆就不好看了。”在我的记忆中母亲似乎更具有大局情怀，而父亲是从骨子里舍不得我啊！

婚后十二年，父亲因患癌症先母亲而去，留下孤苦伶仃的母亲守着那棵曾经为我制作了嫁妆的香樟树的子孙们。一次母亲累趴了，进城治愈后，我们子女便不准她回老家了，母亲就随我住在小县城。每天与我生活在一起，也省了我们母女的相思之苦，一住就是十二年。当年陪嫁的“挑箱”至今还放在婆婆老家的三楼，用旧布遮盖好，完好无损地收藏在那里，里面还有几件乡亲们赠送的布料呢。每年婆婆都会将它搬出来见见阳光，免得被潮湿的空气侵蚀了它们。两位母亲的关爱，让我对香樟树有了不同于一般树木的情怀。我想会一直将它们当作“传家宝”收藏好。

住在县城有露台的新房子里，马路两边都种满了香樟树，一年四季枝繁叶茂、清香飘逸。炎炎夏日，香樟树下是行人和环卫工人避暑纳凉的好地方；三九严寒也能遮雨水挡霜雪好几分。春天秋天都会落叶纷纷，还有那乌黑的种子洒落满地，但它四季常青、给人欣欣向荣的力量已经烙印在大家脑海中了，我们都非常喜欢这个树种。在农村，一个村庄总有那么几棵高大伟岸的香樟树，浓荫如盖，树下是两小无猜的儿童尽情嬉戏。几年前，我们县城经济建设如火如荼，为了保护一棵千年古樟，设计者将设计重新规划，绕道而行。故事虽小，香樟树的地位在大家心目中可见一斑。

一次在我浇花浇菜时，偶见一棵幼小的香樟树树苗弱弱地冒出了土壤。我想可能是风儿吹来的种子，也可能是鸟儿衔来的种子，在我不经意间的浇灌之下，越长越高了，且让你不忍心折断它、破坏它。它长得太美了，新的叶子一层又一层，闪亮闪亮的。下面是塑料水果箱，很不雅观。我决定用一个超大的瓷花盆来当它的家，我小心地把它连着大量泥土从水果篮里挖出来，移栽进早已准备好的花盆内，填好土、浇好水、剪掉枯枝残叶，把它摆在南阳台，希冀它长成高挑的观赏树。如果长到我房子顶那么高了，我决定以后把它移栽到婆婆农村家里去，让它以后为我的后代制作出精美的家具。

对一棵香樟树这么用心，是缘于妈妈曾经说的那一句话吗？想起母亲说的那句话，恍如昨日，可光阴似箭，母亲已八十有六了。尽管耳聪目明、腰板挺直，但很多器官都已明显衰老。在陪伴父母亲的朝朝暮暮，我们要像精心养一株香樟树那样耐心细致、知冷知热啊！

柠檬树

随着年龄的渐趋成熟，追求养生保健的意识逾来逾强。出生于农村的我，小时候没有防晒意识，皮肤没保护好，很经不起日晒雨淋、风吹霜打。在太阳里曝晒一两天便黑得发亮，于是特别关注可以美白的水果，在网上或杂志上寻求到了一致认为对皮肤最好的水果就是柠檬果，在超市或水果店购买的柠檬果好像总不放心吃，怀疑打了增色剂或催熟剂之类的，心想何不自己种一棵柠檬树，既可欣赏美景又可品尝美食。

于是让侄女在网上买了一棵柠檬树。我挑了一个硕大的花盆，里面放了很多有机肥，小心冀冀地把树苗放进去，然后一层层把土往里面填，最后浇上一勺清水理顺根须。记得柠檬树是去年早春时节所栽，栽到我家还不到两年。在家的每一个清晨，我都会跑到露台去和它亲密接触，关注着它的健康成长，给它浇水、施肥、剪斜枝、去枯枝，没什么事做，瞧瞧它那墨绿色的枝叶内心也舒服极了。有一个冬天我还虚惊了一场，它最低只能承受零下五摄氏度。当时下了一场铺天盖地的雪，枝条和枝叶上被晶莹剔透的冰块所凝结，似乎穿了一件玻璃衣服，几乎透不过气来。我很是担心它在那一场大雪中夭折，庆幸没两天太阳就出来了，雪停了，冰块也融化了。确幸它“毛发”未损，叶子感觉更绿了，枝条似乎更结实更茁壮了，我悬着的心才落了下来。

在春暖花开的日子里，望着快一人高的柠檬树，心想，今年应该会开花了，果然没多久，心爱的柠檬树还果真在枝枝丫丫处冒出了十九朵含苞欲放的柠檬花，很是让人满心欢喜。我把这消息告诉同事姐姐，同事姐姐说："那你秋天的时候要送一个柠檬果给我尝尝啊。""没问题。"我爽快地回答说，但心中依然没底气，第一次开花会结果吗？

初春，温度飙升，"从冬天直接进入夏天"这似乎成了湖南人习以为常的事了。每天一大早我就给柠檬树浇水，在浇水的时候，我会特意停下来仔细观察它花苞的形态，花瓣不是很长，外面淡紫色，里面白色，花形近筒状或桶状，顶部略狭小，柱头头状。我每天都忍不住给它们拍照，还闻闻它们的清香，那种欣喜、兴奋之情溢于面颊。花蕾持续近半个月才从容绽放，花型像极了橘子花，颜色有点偏紫而已，香味无两样。花蕊谢了，小柠檬果的雏形就初步具有了，绿色的，像黄豆粒那么小小的，像脱了花裙子的小"公主"调皮地摇曳在树的枝头。有一两朵花儿谢了好像什么也没留，我想那应该是雄蕊，仅为雌花提供花粉，还得靠昆虫传播，花朵本身没有花房，不能发育为果实，花谢后就完成了它的使命。历经十天半个月，花儿次第开放，最终只结了一个果子，当时那个小柠檬果像个绿色的织布用的小纺锤。历经数次的大风大雨，唯一的"希望"也被摇落了。

夏季是南瓜苗、丝瓜苗迅猛上长的时节，我顺势将它们往柠檬树上牵，把柠檬树当成了一个天然瓜架，反正今年也不会结果了，明年春天再说。南瓜苗、丝瓜苗也丝毫不讲客气，肆意地在柠檬树上"耀武扬威"，还用藤蔓缠绕着它们新发的枝叶，让它们不能任意舒展，看得我心里拧巴得很，但又不忍心将花开得正旺的两种瓜苗与柠檬树剥离出来而让它们无依无靠。一次外出归来，在浇水之时，无意中发现，又有新的花蕾呈现在枝头上，周边也涌现了好几朵大小不一的花蕾。让我不由得喜上眉梢，这柠檬树的习性或许像极了金橘树，边开花边结果，可以“几代同堂”了。果子有鸽子蛋那般大了，树上还有十多个幼果正茁壮成长，有的也夭折了。据说要打保果护果的药剂，我想头一年顺其自然吧，看能否留上几个，不管咋样送同事姐姐一个柠檬果尝尝的想法一定能实现了。

据植物界的专家称，“柠檬”是世界上最有药用价值的水果之一，它富含维生素C、糖类、钙、磷等十多种元素，对人体十分有益，尤其是当中的维生素C。被誉为“柠檬酸仓库”的柠檬果具有防止和消除皮肤色素沉淀的作用，因此商店的柠檬贵且畅销，柠檬对咽喉炎、肝癌等都有一定疗效。

法国是世界上食用柠檬最多的国家之一，英国人用“柠檬人”这个有趣的雅号来称呼自己的水兵和水手，那是因为十八世纪中叶，英国医生林德用柠檬治愈了坏血病。英国海军规定水兵入海期间，每人每天要饮用定量的柠檬叶子水，只过两年，英国海军中的坏血病就绝迹了。

据《奥语》记载：“柠檬，宁母子，味极酸，孕妇肝虚嗜之，故曰宜母。当熟时，人家竞买，以多藏而经岁久为尚，汁可代醋。”意思是怀孕妇女可以放置一些柠檬在床边，早上起来嗅一嗅，可消除晨吐的效应。柠檬果有香味儿，其叶的清香也沁入心肺。它的果实看似像橙子、橘子之类，但其枝叶酷似桂花枝叶，春夏秋冬都常绿着呢，现在我憧憬着绿色的果实渐趋变成金黄色，点缀在绿色的枝枝叶叶中。

柠檬全身都是宝，叶子提取香料，果表皮生产香精油，果胚生产果酒，果渣做饮料或肥料，种子可以榨取做食用油或者入药。全身都是宝的柠檬树终于在我家露台开花、结果了，期盼它能长成“伟岸”的大树，让我们在水泥缝隙里也能寻找到诗和远方。

我家幸福树开花了

近几年因工作的轻闲、孩子的长大，浮躁的我渐渐迷恋上了养花、弄草、种树，最让我青睐的木本植物是幸福树。喜欢上幸福树，缘于我以前每天步行上下班，看到我居住的小区某茶楼大门口摆放了两大盆景，直立的树干，翠绿的叶子，惹人眼目。每天路过都要瞧它们几眼，心里嘀咕：这样的盆景应该不会活多久吧。没想到从春天到冬天，依然葱茏，直到下了一场大雪，叶子纷纷落下来。心想这下全完蛋了，没想到第二年春天，它又冒出了嫩绿的芽儿在枝头，探望着这熟悉的环境。从那以后我便对盆景刮目相看了，并不是所有的盆景都养不长久，于是我决定下次一定要在自家阳台上养植一盆幸福树。

一次在一个茶餐吧门口，经老板允许捡了被他们扔弃掉的一盆弱不禁风的幸福树，它苗条极了，树干极细，叶子也稀疏，一副营养不良的样子。我相信经过悉心呵护，它定能生机勃发、亭亭如盖。幸福树光临我家后，我隔三岔五给它“喝水”，一两个月给它添加一次新鲜泥土，平时将一些有机肥、树叶、香蕉皮、枯枝等放在盆子里，然后盖上黄黄的泥土，我想这种自制的花肥不亚于花店购买的人工制作的肥料。功夫不负有心人，一年后，矮矮的幸福树如雨后春笋，直插屋顶，叶子呈椭圆形，翡翠般的绿。据有关资料显示，幸福树可以长到十五米以上。望着没有空间生长的幸福树，我的心里替它难受，但又没办法解决，只好委屈它了。它也很聪明，在能量没地方释放时，它开始横向发展，在枝杈处散发一些新的枝条，长出一些嫩嫩的新叶。每当我的书房有文朋好友来挥毫泼墨、吟诗作画时，它倩丽的身影便定格在网络图片上，转发到更多的朋友圈里，想必幸福树也高兴至极。

去年秋初的一个夜晚，一位朋友提醒我，看你家幸福树开花了。我定睛一看，果然在幸福树“腰部”枝叉上，开出了两朵如喇叭形倒放的花朵。淡黄淡黄的、淡香淡香的，有五个花瓣，里面有四个花蕊，旁边还有六颗含苞欲放的小花蕾。大约花开出两三天后就会凋落，含苞的花儿接着绽放，而且每次都是成双成对地向主人和朋友们展示它们的美。不到一个星期，一个花期便结束了。我想在这美好的时光中下一组花群正在酝酿，期待着下一次的花开。日常生活中我见过幸福树开花的不多，养了三个多年头，我第一次见它开花，感觉自己真的很幸福。

幸福树象征着幸福平安，原产于台湾、广东、海南、广西、云南等地，分布于海拔三百米至八百多米高的地方，云南中部以南一千多米的山谷、平地疏林中也有分布。喜欢高温多湿、阳光充足的环境，耐高温、畏寒冷，生存条件不高，适合于懒人朋友种植。幸福树被人誉为“高效净化器”，可以抗菌、吸收异味，吸收苯、甲醛，而且还适合放置在卧室，可以释放氧气。幸福树还是一种药材呢，可以清热解毒、散瘀消肿、伤暑发热，还可以治跌打骨折、毒蛇咬伤、痈肿。它的根、叶、果都能入药，据科学家研究它还含有抗癌元素。

幸福树没有其他花朵艳丽动人、五彩缤纷，但它朴素中透露出刚毅的美，直立的树干、碧绿的叶子、淡雅的花朵，一直在告诉人们它的生命力是如何的旺盛，拥有它心境将会如何的澄澈，心情将会如何的愉悦……

闲暇时莳花种草能够让浮躁的心灵得到宁静，让平淡的日子充满了诗意。而且也能够让室内环境得到改善，优雅居室、净化空气。下班回家第一件事情，就是洗过脸，瞧瞧花草，浇浇水、剪剪枝、拍拍照……那种意境很纯真很快乐，人世间的凡俗琐事都抛到了九霄云外。

鹅掌柴

去年在北京出差，看到一个宾馆的大厅摆放了两盆茂盛的绿色植物，似乎我未曾见过，用识花软件一扫，鹅掌柴，好有意思的名字，在百度上一查，鹅掌柴又叫鸭掌木。鸭掌木可是我养了多年的熟悉的植物，是我养过所有植物中最好养的植物之一。

取这种名字是它们的叶子像鹅和鸭子的脚掌，仔细欣赏它们的叶子还是有区别的，鹅掌柴的品种很多，在北京看的是大叶鹅掌柴，叶子较鸭掌木嫩薄一些，鸭掌木叶子厚厚的，给人感觉很皮实，我想小叶鹅掌柴应该就是鸭掌木了。其他枝条没多大区别，也许它们就是孪生兄妹。

记得才搬新房子时，在二哥的花草店搬了两大盆鹅掌柴，时光的脚步行走了十个春夏秋冬，它们永远长得欣欣向荣的样子，像卯足了劲的生灵，从不知疲倦地生长着。楼下茶室的从没修剪过，任其生长，差不多快撑着楼顶了，它们有净化甲醇、吸收尼古丁的作用，从未施过肥，干了，浇点水就可以了，是适合懒人养护的植物。一年四季绿油油，楼上的将枝条剪过一次，将枝条放入废弃的绿萝盆内，心想腐烂了当作肥料使用，没想到两三个月后，它们竟然长出了小型的鹅掌柴，和扦插而活的绿萝相依相伴地生长着，真是如同“有意栽花花不开，无心插柳柳成荫”的幸运感受。

它们喜湿怕干，盆内渍水不能太多，耐阳能力强，但不能曝晒。冬季放在光照强的地方很合适，它们还开花呢。圆锥状花序，白色小花。在秋冬季节还是中华蜂的蜜源，喝了它们的蜂糖，能够提高人体的免疫力。它们的果子深红色，成熟时黑色。

鹅掌柴还叫招财树、吉祥树，很受百姓的喜欢，在大型场馆内摆上几盆很惹人眼目，最主要的是容易养，总是绿油油的，叶子参差不齐地围聚在一起像开放的绿色花瓣，打顶后的鹅掌柴会很快侧生出许多小枝条，那种鲜嫩的叶片，亮亮的，有点赭石色，慢慢变绿，老去的叶子无声无息地掉落，我常常把它们捡拾在花盆里，让它们“化作春泥更护花”。每次看着它们周而复始地推陈出新就心生欢喜，感觉一年四季都春意盎然。尤其是寒冷的冬天，有温煦的散射阳光落在枝枝叶叶上，叶脉被勾勒得清清楚楚，你捧一本书坐在它的身旁耐心地读着，那种感觉是不是很有诗意也很温暖？炎热的夏天，你和它一起享受着空调的冷风，读书累了，看看它们绿绿的身躯，你是不是会感觉格外凉快和宁静？这么多年我是真真切切地感受到了植物于我是多么好的重要的朋友，在房间、在阳台、在露台、在楼道……在能摆放植物的所有旮旮旯旯都生机盎然的植物，让我感觉如同工作、行走在大自然中。

有朋友的饭店即将开业，我首选推荐他购买鹅掌柴当作一年四季的主要摆放植物，好看又好打理。植物是这样，为人好像也不相上下。做一个颜值高、品相好、内涵丰富的正能量的人。

扦插成瘾

打小就喜欢莳花弄草，自搬到有露台的房子居住，爱好像洪水一般四处“侵袭”，家里家外摆满了各类植物，宛若一个小型的植物园。无论我走到哪里，城市、乡村，还是朋友家里，我都会用好奇的眼睛观察花花草草，看那里有没有我没见过的植物，有没有我不认识的生灵。如果有我则立马用识花软件来接触这位朋友，然后在百度上了解这植物的前世今生，倘若能扦插而活，我会视情况而定争取弄点小枝条回去扦插。扦插成本确实比购买的低很多，最主要是感受植物从一丁点儿大长到枝繁叶茂这个过程的喜悦心情。这几年，我走过了好多地方，成功地扦插培育了十多个品种的花草树木。

记得 2015 年，在我的工作不是很如意之时，随单位同事们去了紫鹊界，在一农户家门口见到了雄黄兰，绿色的叶子中伸出浅绿色的花茎，金黄色的花蕊被橙黄色的花瓣包围着，风儿刮过来它们就好像蝴蝶一样翩翩起舞。我毫不犹豫地向农家的阿姨申请挖一点回去栽种，纯朴的农家阿姨立马满足了我这位爱花女人的小小心愿。

2018 年，我随文友去济南学习，学习之余大家齐聚泰山。在那凛冽的冬天，海拔一千五百多米的泰山之巅，见不到鸟兽虫鱼的踪迹，那掉在地上的火棘果子也没有动物将它们当粮食吃，好像也没看到不怕冷的老鼠衔回洞穴里过冬，或许它们在秋高气爽时就做好准备了。来年春暖花开时，火棘子又长出了新的苗子，这种常见的植物我没有扦插的激情。在半山腰终于见到开满形同迎春花般的连翘，一排排地绽放着，听当地人说这连翘是“二次开花”。在这绿色植物都难以见到几棵的高山上，我自然觉得连翘是稀罕珍贵品种，赶紧捡了一些种子放进旅行袋中。第二年春天小心翼翼地将种子下了泥，种子真的发芽了，长了好几棵苗子，及时将苗子剪了插在另一个花盆里。一次浇了一个“灰桶子”里接的自然水，原生花盆里的连翘全部夭折了，估计是被水泥石灰水“毒死”了。还好扦插的那一盆还活着，可惜还没开过一次花，我想今年冬天或明年春天应该会有“花满枝头”的盛况了。

那一年四个闺蜜去了云南腾冲，在那植物沾泥就活、四季如春的云南，我带回来可以扦插的长春花蔓，开了好几个春天了，那蓝中带白的长春花看着就是让人舒服，而且在湖南是极少见到的。每行走到一个陌生的地方，我都会捎回两三个从未种过的植物品种。唯独去台湾空手而归，因为台湾的植被不允许入境，除非报关申请。想起满地的君子兰小苗苗，手心就痒痒的，还有莲雾、杨桃、蝴蝶兰等瞧得我像刘姥姥进了大观园。

在我表哥家见到了熟悉的结香，听表姐说到了冬天满屋子都是香气，花色米黄米黄的，开完花才开始慢慢长叶子。我终于按捺不住了，请求表哥剪下两根枝条，挖了一棵有根的小树苗，回来用高档的红色瓷盆装好，放置在有荫的樟树下面。开始小树苗还长得“神清气爽”的，没几天叶子全掉光了，我以为它们全没戏了，我用剪刀一剪，发现里面还是青涩涩的，原来它的生命力是如此旺盛，隔两天我还是照样浇水灌溉，我想有一天它们会发芽的，耐心等待明年“阳春布德泽，万物生光辉”美好时光的来临。

在小区劝导创建文明城市工作的那段时间，见到了下岗嫂子在一楼扦插的蟹爪兰嫁接在仙人掌的肢体上，开出的花儿大气、结实。嫂子说用刀将仙人掌劈开，将蟹爪兰塞进去用牙签当“工具”稳住它们，让它们的生命融为一体，然后自然生长。尽管下岗嫂子住在潮湿的一楼，每日在散射的阳光下，侍弄着她喜爱的花花草草，脸上笑靥如花，心中的阳光也灿烂了一个老旧小区，周围扦插了好多无花果树，结满了圆圆的果子，嫂子说果实熟了，小区的朋友们都可自由品尝。我想住新小区后，我也会像嫂子那样见缝插针地多种点水果树，扦插多点花草分享给大家。

这几年我收获最大的就是扦插柠檬树，刚搬家那阵子，侄女在网上给我买了一棵柠檬树。没想到品种非常好，两三年的光阴，就长成了像橘子树那么高大的树形，一年四季花事不断。每当我剪下掉果子的柠檬枝进行扦插，它们不久就会萌生出新的枝条来，苗儿新绿新绿的，这近十年的光阴，我将扦插的柠檬树送给大家的估计会有近百棵了。这么多年的陪伴，知道柠檬树怕冷，喜欢阳光雨露。有一年种在婆婆家地里的柠檬树，在大雪纷飞的冬天竟然被冻得变成了木乃伊，第二年居然从蔸子底下抽出了新的芽条来，三四年了还没结上果子。直到今年才断断续续开了几处花，记着冬天做好防护工作，如果明年还不结果，我会怀疑柠檬树在湖南仅适合种在背北风的露台上或大棚内进行精细化管理。露台上的柠檬树太难打理了，每天都要浇水，十天半个月施一次肥，不管春天、夏天还是冬天结的果子到了深秋统统地都会变成金黄色，那份甜美的心情冲抵了平时对它们所有艰辛劳动的付出。图片文字的组合晒在微信上，“订单”像雪片样地飞来，扦插的成就感倏地飙升了！

第三辑　瓜果飘香

小满枇杷半坡黄

“五月江南碧苍苍，蚕老枇杷黄。”在我们长江以南的山村房舍旁处处可见四季常青的枇杷树，在这夏日阴阴，不冷不热的大好时节，枇杷树上结满了珠圆玉润的枇杷果，剥掉薄薄的一层皮，吃上橙黄橙黄的肉，满嘴留蜜的感受瞬间沁上心田。像极了明朝画家沈周所形容的“弹质圆充饤，蜜津凉沁唇”。

枇杷自古以来就是文人墨客、市井百姓最喜欢的果树，“果木中独备四时之气者，惟枇杷。”“备四时之气”意思是说枇杷秋含苞，冬绽花，春孕子，夏挂果，沐四时之阳光雨露，吸天地之精华，采日月之灵气，难怪它全身都是宝，果子可鲜吃还可制作成罐头、蜜饯、果膏、果酒及饮料等，具有润肺、止咳、健胃、清热的功效。叶子也可当药用呢。它是夏天的第一批水果，在倡导要吃时令蔬菜水果才对身体更健康的当下，枇杷更是备受欢迎与宠爱。

小时候物质生活极度贫乏，我家住在湘江边上，只有田土，没有山岭，对“枇杷”几乎没有一点印象，只是从书上读到或听同学们谈到。进城以后从农民挑来的野枇杷到水果店的良种枇杷都曾尝过，吃了甜得很“适当”的枇杷还特意留下种子将它们埋在土壤里生根发芽。

枇杷是一种极易生长的水果树，可嫁接和播种。早三年我特意在小区院子里种了一株枇杷树，长成两人高了，枝繁叶茂得喜煞人，估计明年可以开花结果了。两年前差点被小区绿化管理员移栽到对面邻居的窗台下。“占有欲”的心理让我硬是再次搬到自家楼下，心想待枇杷树长到房子那么高时，我在家中就可以凭窗而望，“摘尽枇杷满树金”的诗情画意徐徐展现在我的眼前，能够自己任意品尝，也可以看鸟儿在枝头偷吃、嬉戏，期待着楼下的枇杷树快快长高，与我共窗相邻而居。小区的果树是大家的，我只是想近距离欣赏它丰收在望的景象罢了，下次见缝插针再多种几棵。

在这天气时常滴滴答答的梅雨季节，大街小巷经常可以见到手拎装满枇杷的篮子或筐子的中老年人在兜售着自家的枇杷，免费试吃，廉价出售。我公公家有一棵很大的枇杷树，每次回去，我们便敞开胃囊猛吃一顿，回家时再捎上一大堆给同事朋友们尝尝。非常怕吃酸的公公也特别喜欢吃，邻居朋友来了，他会很慷慨地赠送一袋子。树尖上摘不到的就留给鸟儿们吃了，公公说怕摔跤，摔着了不得了，留着给鸟吃蛮好。院子里每天来一些不知名的鸟落在枝丫上，啄食着鲜甜可口的枇杷，吃累了，站在树梢上叽叽喳喳地交流着，它们说啥，我们是不得而知的，这么欢快的天籁之音伴着孤独寂寞的公公婆婆，惹得我时常憧憬，老了是不是也在这里清静终老呢？

枇杷的叶子看上去像乐器琵琶，因而得名，它成熟时的喜庆画面，被众多绘画艺术家定格，枇杷山鸟图、枇杷猿戏图、枇杷孔雀图、八哥枇杷图等形态各异，扇形、斗方、整张、条屏等各具特色，油画、水粉、水彩、版画、素描等种类繁多。著名画家吴昌硕的《枇杷图》配上“五月天热换葛衣，山中庐橘（枇杷）黄且肥；鸟疑金蛋不敢啄，忍饥空向林间飞”的诗句，让你觉得中国画的意境真是美不胜收。

枇杷被寓意为吉祥如意的植物，它又名“金丸”，与柑橘树栽植，寄寓“招财进宝”的心愿，与石榴树栽在一起，象征“多子多福”，与银杏树相邻，寓意“金玉良缘”。现在众多文朋好友期待着南宋诗人戴复古的诗中生活，“乳鸭池塘水浅深，熟梅天气半阴晴。东园载酒西园醉，摘尽枇杷一树金。”在山野乡村，拥有自己的小院子，院子里种上自己钟爱的花，喜欢的果，享受陶渊明式生活的其乐融融，闲时邀来文朋诗友饮酒、吟诗、侃大山，这是我们大家追求高品质美好生活的方式之一。

长在露台上的无花果

很多年前就知道无花果是很容易扦插的，一次去朋友家参观他山上的果林，顺手折几根枝条回来，将它们扦插在露台上的两个大花盆内，浇点水就渐渐发芽长叶了，两三年的光景就开始挂果了。去年长得小小的，很不成气候的样子让我心存愧疚。发育不是很好的果子照料起来也没得多大劲头，在几次大风大雨中纷纷摇落。

今年是第四个年头，年初预计会有很多小果子冒出来。以我种柠檬的经验，琢磨出种水果的大概路径是这样的，头三年开始结果，第四年一定是丰产期，从去年冬天开始我就有意识地给它们增加一点有机肥，让它们蓄积能量，好在来年结果子多一点。冬天的无花果叶被寒风全部吹落了，剩下几根光秃秃的枝条直指蓝天，不仔细欣赏还真以为全部死光了。判断植物是否还有生命力，用手试着弯弯它的植条，如果枝条还有韧劲儿，证明生命力依然还在，它正养精蓄锐呢！如果稍用力，枝条就很脆地折断了，表明它们已经没有生命力了。农村长大的我与生俱来地具备这种判别能力。要想尝到甜美的果子真不是一蹴而就的，尤其在露台上，显得格外地费劲，盆子空间有限，水、土、肥容纳不多，限制了它们成长的速度。露台风大，日照充足，水肥很容易被蒸发掉，注定每天必须给它们补充水分，隔三岔五添加肥料，如果跟不上“节拍”，它们必然纷纷掉叶，有时剩下几颗青青的果子挂在枝头，让我这个“园艺工”好没面子。水分太多也会导致落叶，这个刚刚好的拿捏度是很难把握的，好在我这个心态好的植物爱好者粗犷式地“精工细作”也情趣盎然。

春暖花开时，它们很早就发芽长叶了，没多久工夫就冒出了绿绿的一丁点儿大的小球球，跟着叶子慢慢长大。无花果其实是开花的，只是开在果实里面，小黄蜂从果实下面的小洞爬进去授粉，让大家误以为真有无花结果的神奇力量。它的叶子相当美，长得比大人的手掌还大，像一块块地图的形状立体地挂在枝丫上，经脉分明，每一片叶子分成五小块，齿轮似的边缘大小不一，看着使人心里特别舒服。有的小果子生在主干枝条上，不是所有的果子都紧紧依偎着叶子而生，主干枝条似灰褐色，看着它们弧形的枝条很有力量地生长在两个大花盆里，显得有点头重脚轻，让人心里有点憋屈的感觉。种一棵植物，我会很努力地学习它们的“前世今生”，对人类有什么保健功效以及它们的植物文化。这也是我为什么越来越钟情于“拈花惹草”的主要情缘。

无花果是最早被人们喜欢并栽培的水果，在《圣经》里被人誉为“天堂圣果”“凝结生命的果实”，被人们尊称为世界第一保健水果，“大府之品”“生命果”“太阳果”。从名字上就知道它是药食两用的水果，营养价值很高，能够生津止渴，富含维生素、花青素，具有延缓衰老、抑制色素沉淀等美容功效。

知道无花果拥有了这么多的“美德”，我对它们更加厚爱有加了。晒在朋友圈里，一位山东朋友留言，说他们那儿的品种可好了，结出来的果子个头特大。一次还特意从家里捎了几根枝条和一盆已扦插好的给我。几根枝条没被我养活，盆栽的被我养得好好的，并且开始适当剪枝再扦插，担心不经意间弄“夭折”了，至少还有备份，不然开口向人家索要，显得不珍惜人家的劳动成果。记得曾经一位大名人为我题写书名，被我不小心弄到书籍杂志里找不到了，想让老师再挥毫泼墨一次，结果被让我误以为平易近人的某老师狠狠地批评了一顿，想想确实应该被教训一顿。从那以后我面壁思过，做什么事都要珍惜他人的劳动成果，这是对别人最起码的尊重。

在每天汗流颊背地浇水，偶尔施肥的过程中，慢慢地我可以品尝到劳动果实了。首先试了几个，一点味道也没有，既不甜也不酸，颜色几乎还没有红紫的迹像，原来是还没有成熟。生吃不是很甜的无花果，我也不忍心扔弃，将它们煲肉汤喝，味道还真鲜。最近尝了一个大大的、紫里透红的成熟的无花果，好吃得我将皮也给吞下去了，口感让我无法用文字来描绘，这么好种又这么好吃的养生保健果实，我决定分享一些给喜欢植物的朋友们，将它们种到公公婆婆或娘家的土地上，让大家都来吸收它们的营养，滋补家人的身体，让大家延年益寿，能够长长久久地相聚在一起。

如果不近距离地与植物相依相伴，怎么会学到这么多的知识，“养花就是养人，悟花如悟禅”，真是使人开心快乐幸福的事情。

种南瓜

南瓜是在农村、城里的夹缝中最易生长起来的植物。南瓜籽只要一落地，马上生根、发芽、长叶，不多久就能开出好大一朵黄色的花来，有的能结上瓜，有的结不上。不过若是肥料不足，小果子自然夭折、凋落。

“清明前后，种瓜点豆。”布谷鸟才开始唱歌，南瓜苗就伸出了它们调皮的脑袋，眨巴着眼睛看着我这位热爱生活的大妈，没有十天半个月它们就能发出蒲扇大的叶子，攀缘在杂树丛中。母亲早就捡来些许树枝竹条就着不到一米高的围墙扎了一个低矮的棚架，母亲说：把架子下面杂七杂八的废物清理干净，让风儿能够自由穿行，南瓜就会有果儿结。母亲到底在农村种菜多年，经验十足，在最热的天气也保证南瓜苗早晚有水喝，果然不辜负我的期望，南瓜苗不久就开满了花儿，引来了蜜蜂，结了大大小小近十个果子，“修成正果”的有四五个。今年种的品种是长条形的，瓜的颜色先是绿绿的，中间偶尔有几条白黄的纹路，随着时间的推移渐渐长成金黄金黄的大瓜，让我这个不常种菜的主儿非常有成就感，时不时给它们拍个照，虽然市场上的南瓜最多也就卖两元一斤，便宜的低至一元，但那种陪伴着它们慢慢成长的喜悦，就像带着自家的娃儿一起长大，个中的辛劳与甘甜，很是有温度有情怀。

偶尔一两个瓜，看似长势很好，忽然间南瓜茎就枯萎了，南瓜失去了输送养料的途径，自然就夭折了，但果子还可炒上一碗半碗的。南瓜花开得特大，金黄色的花儿最能招来昆虫、蝴蝶、蜜蜂、金龟子、蚂蚁，它们都趋之若鹜地分享着它们甜蜜的花粉。市场上有南瓜叶、花、梗卖，可以分开炒，也可以合在一起炒，是清热、解毒的佳肴，煮一碗老南瓜，炒上一份青青的南瓜丝，清蒸一份南瓜片，各式各样的菜谱让人眼花瞭乱，怎么吃都觉得清凉可口。

记得读高中寄宿时，食堂餐餐有东南瓜、海带汤，俗称“东南海”。毕业后的好几年去饭店吃饭，从来不点这三样菜，吃腻了。在过苦日子的祖辈时代，还幸亏有“红米饭，南瓜汤”的生活。所以南瓜这么一种易生、易养、易种的植物都有恩于我们后辈人。南瓜还有多子多福的象征，在农村很多人家，到了秋冬时节，红红的南瓜处处生长着，一派丰收祥和的景象，在青黄不接的寒冬早春，南瓜又是一道很好的蔬菜。

随着生活水平的日渐富裕，吃够了油腻的荤菜，一碗清淡的南瓜汤足以让人感觉舒爽。只要有合适的地方，我都会种上两三蔸南瓜秧子，让我每天心生愉悦地陪伴着它们茁壮成长，直至瓜熟蒂落。

青青马齿苋

对马齿苋的钟爱之情，源于小时候常吃母亲晒的马齿苋。回忆那种甜甜的、酸酸的滋味，依然使我口齿生津、神采飞扬。

随着人们生活水平的不断提高，以前视而不见的野菜，现在倒变成了稀罕之物，被誉之为绿色环保食物、无公害蔬菜。名饭店、大酒店、小餐馆菜单上堂而皇之地列了“清蒸马齿苋”“马齿苋蒸扣肉”“马齿苋馅儿饼”“马齿苋饺子”……据中医学解释，马齿苋有清热、解毒、凉血、止痢之功效，可用水煎服或捣烂外敷。每每吃到马齿苋，总让我忆起童年生活的艰辛、青年生活的雅致。现在生活水平提高了，大家都营养过剩，马齿苋里含有的脂肪酸能抑制人体对胆固酸的吸收，降低血液胆固醇浓度，改善血管壁弹性，对防治心血管疾病很有好处。

孩童时代，我经常受母亲之托，到田园菜地去扯这种有着小小黄花、胖胖根茎、绿绿叶子的野菜。扯满一篮子回家后，母亲便将它们用清水洗净，用开水烫蔫，然后用篾制的器具盛着放在太阳下晒两三天，再加入辣椒粉、白糖，在锅里拌匀，再晒上一、两天，便成为孩子们的美味佳肴，亦可以作为礼物寄给生活在大城市的亲戚、朋友。

嫁为人妻、身为人母的我仍然眷恋着这小植物。幸好公公婆婆也生活在广袤的山野乡村，记得那时的双休之日，我常常戴上太阳帽，唤上可爱的儿子奔向农家菜园，将那嫩嫩的、水灵灵的马齿苋扯回来，然后坐在院子里拣上一两个小时，将老的、腐烂的根茎叶去掉，将它们掐成一段一段。母子俩很喜欢这种有益的健身活动，我们崇尚大自然的魅力，赤脚行走在自家的房前屋后。那种热热的、痒痒的感觉让我们浑身洋溢着与大地母亲亲密接触的幸福。更何况那种既酸又甜的味道让我们回味无穷，那种寻寻觅觅的活动让我们远离城市的喧嚣而怡然自乐。

现在更加亲近马齿苋了，在露台上不经意之间就养了好多或高或矮、或胖或瘦的马齿苋，它们大部分依附在辣椒苗、茄子树、南瓜藤、茶花树的下面兀自生长。等到长得有点妨碍主蔬菜的生长时，我就会将其掐断后凉拌着吃，或生炒着吃。马齿苋的生命力极强，无需特意播种，从草长莺飞到秋高气爽，都有它们的身影。它无需十分肥沃的土地，也能长得根实、茎肥、叶绿、花黄，寂寞幽香地点缀着农家的菜园。它耐旱亦耐涝，生存能力强，农田、路旁、旱地、菜地都有它们顽强的身影。它们可以扦插、种子培植。如果你有雅兴，也可将其移栽在家里，放在有阳光散射的地方作为盆景欣赏。它的淡雅、清香和俊秀，定将激发你淡泊名利、宁静致远的情怀。

韭菜香亦远

念起韭菜，第一感觉就是想起儿时母亲用韭菜煎的鸡蛋，喷香喷香的，吃完恨不得把碗舔干净，常常是和哥哥们抢着把饭倒入碗内，把碗搅拌得干干净净，然后把每一粒饭都吞入肚中，还不解馋，那种意犹未尽的香一直萦绕在我们的记忆之中。

小时候出生在家徒四壁的农民家庭，上面三个哥哥两个姐姐，我是最后一个女儿。在我出生不久，患了麻疹的两个姐姐因无钱医治相继夭折。坚强的母亲少言寡语，干起农活儿很是麻利，配合着父亲种植各种蔬菜变卖散碎银两，支撑着这个家庭。我们那时虽小，但很懂事，知道很少有笑容的父母每天在化悲痛为力量，努力围护着我们温馨的家园。

记得那时父母在出工之余的闲暇时间，种得最多的蔬菜就是韭菜，在宽阔平坦的湘江边，一块块旱土被父亲的双手整饬得整齐有序。将一兜兜韭菜掰开几份，掩埋在土里，用杂树柴草燃烧的草木灰覆盖在上面，像一行行小小的山丘。隔一个星期，小山丘上便冒出了新绿新绿的韭菜叶，上面还停留着晶莹剔透的露珠儿，看着心里亮堂得很。浇几次水、施一两次肥，不用多长时间，韭菜便长得水灵丰盈，被父亲齐刷刷地割下来。晚上父母亲安排我们一起帮忙整理洗去了泥土灰尘的韭菜，首先拣出黄叶子、烂叶子，留下干干净净的韭菜用稻草一扎，然后码在撮箕里，一层又一层地摆好。第二天天未亮，父亲就和村里的邻居们挑着去附近的集市上卖。大部分时间都会全部卖光，回到家的父亲便绘声绘色地给我们讲他如何尽快卖掉韭菜和其他的蔬菜，有时会将蔬菜送去附近的石灰厂、煤矿、学校，反正聪明的父亲总是比同去的伙伴卖得快，回来以后咕咚咕咚喝口茶，继续忙碌着他的农活儿。

被割了一茬的韭菜依然被草木灰肥沃着，尤其下过一场雨后，草木灰更紧贴着韭菜，韭菜吸收了营养长得更快。长到两三寸高时，父亲会挑出人畜粪，加水稀释灌溉。韭菜长得和上一茬一样茂盛，那时的韭菜是传统的小叶韭菜，种植时没有掺入任何化学肥料，也不用什么大棚遮盖，纯天然地成长，口感好极了。现在农民们种植的韭菜是宽叶韭菜，大部分是用化肥浇灌长成的，冬天长在大棚里，吃起来没有小时候吃的那种香味了，心中常常怅然失落。

为了找回儿时的记忆，我在自家露台上用花盆种植了好几盆小叶韭菜，一年四季都不用买市场上的韭菜了，每次用刀去切割它们，我时常会想起逝去的父亲，一生的勤劳，一生的汗水，一身的疲惫……

“清明时节雨纷纷，路上行人欲断魂。”清明节气的韭菜是长得最旺盛的时候，可惜我的父亲却长眠在我们村庄学校后的山坡上，盼着我们兄妹及后代在一年一度的祭扫时去看望他。也不知在天之灵的父亲还记得人间韭菜的香味吗？女儿可常常忆起您给予我韭菜般香甜的快乐童年、幸福的青年……

与绿豆的那些事儿

冬天的火锅、腊肉、腊鱼闻起来香喷喷的，吃起来可解馋了，美中不足是很容易上火。上了火感觉说话都不灵便，舌头不听使唤，有口吃的嫌疑。受我爷爷的影响，一生不爱吃药，还说“是药三分毒”。每次我上了火，第一反应就是用水煮绿豆汤喝，将二两绿豆放置锅中，用锅盖盖住煮几分钟，当水煮沸，汤成橙黄色，绿豆子还没有开花时，喝了这个汤，去火效果特别好，这个疗效我可是亲身体会过的。

记得儿子上高三时，一次上了火，吃了四五十元的消炎药，还没治好。一天儿子不想吃饭，说嘴疼，我还责怪他娇生惯养，无病呻吟。儿子委屈得要哭，张开口让我瞧了一下，肉都要糜烂了，还充满了紫色的血泡，我内心愧疚极了。我这个妈妈是怎么当的，太粗心了，每天紧张得很，连带他去医院看病的时间都没有。我情急之下说：“儿子，妈妈煮点绿豆汤给你喝，下午请会儿假带你去看医生。”儿子在不情愿的情况下，喝下了我煮的绿豆汤，中午回家吃饭，我再观察他口腔溃烂的地方，已经有好转倾向，紫红色的肉已经开始变成正常的淡粉色，我赶紧向儿子灌输我的理念：治疗小病小痛用民间药方有时比西药还来得快。儿子下午上学前又喝了一碗绿豆汤，晚上回来特别高兴地告诉我：“妈妈，已经全好了。”为了巩固治疗效果，晚上又让他继续喝了一大碗，告诉他当茶饮好了。从这一次经历后，儿子非常信服绿豆可以清热、去火、消毒，后来每一次身体感觉上火了，就叫我这位“土医生”给他治疗。

绿豆，是很普通的豆类植物，小时候在农村，几乎每家每户都会在田埂小道旁或荒芜的旱地里种植。它们很容易茁壮成长，将种子埋在一个个小坑里，用泥土拌点鸡鸭粪覆盖着，偶尔锄一两次草，然后吸收点自然雨露就自个儿长得枝繁叶茂了，渐渐结满了手指长的豆荚子，一棵小树有十多只小豆荚。如果种子播下去，再不理它们。恐怕就会出现陶渊明诗词里所写的“种豆南山下，草盛豆苗稀”的状态。一分耕耘一分收获，豆子成熟时，将它们和豆苗一起拔了，然后放在太阳底下暴晒，有的自然爆裂，豆粒子自个儿跳了出来。晒不开的，主人用脚在上面来回踩踏，直至豆荚开裂，豆粒子被迫挤出来，然后将豆苗子放一边，留着炒菜时当柴烧。将豆粒子扫至一蔸，用水清洗一下，重新放置太阳底下晾晒，晒干后收至坛子里或塑料袋里，留着日后煮稀饭吃。想起曹植的七步诗：“煮豆燃豆萁，豆在釜中泣。本是同根生，相煎何太急。”自幼颖慧的曹植用这首诗挽救了他的性命，考证这里的豆是指绿豆红豆还是黄豆并不重要，关键是告诫后人要珍惜兄弟手足之情。

想起吃绿豆稀饭还有一个让我记忆犹新的故事。那时我才五六岁，我和小朋友在自家坪里踢“房子”，踢累了问母亲：“姆妈还有绿豆粥吃不？”母亲轻描淡写地说：“没有了。”我也没当回事，又和伙伴们开心地玩去了。黄昏时分，大哥从市场赶完集（售卖木材），骑着他心爱的永久牌自行车，叮铃铃地从河堤飞奔而下，自行车还没停稳，母亲便笑吟吟地出来了。“玉光，吃粥不？”当时我很是生气，觉得母亲重男轻女，于是义愤填膺地说：“好啊，有粥给儿子吃，不给女儿吃，你老了到时可不要靠我啊。”事隔几十年，现在想来自己当时是多么的幼稚，大哥是家里的顶梁柱，在外面为全家人挣钱，我一个小丫头，天天只知道吃喝玩乐，喝了一次粥，玩累了还挂念再次喝粥，没想过要留给辛苦的大哥吃，还责怪母亲的不是，现在想来当时仗着自己最小又是唯一的女儿，是多么的蛮横不讲理。这么多年我早已不把自己的气话放心上了，母亲的衣食住行、精神生活的方方面面在我们兄嫂妹婿以及孙辈们的悉心照料下过得有滋有味。

绿豆带给我们的快乐还有自制冰棒雪糕，小时候望着城里人吃冰棒雪糕，那份羡慕嫉妒的馋样儿现在还历历在目。自从家里有了冰箱后，大家都尝试过做绿豆雪糕。每个冰箱里都有塑料格子，为大家自制雪糕提供方便。先把绿豆煮烂，加入白砂糖，让它们冷至常温，然后放入冰箱冷冻层。待稀饭凝固成块状就可美其名曰吃雪糕了。弄了一两次就没多大兴趣了，图个方便直接到外面买，无论春夏和秋冬，现在商店都有冰棒雪糕吃了。

现在生活条件大有好转，却没过上“大儿锄豆溪东，中儿正织鸡笼……”的美好生活，只能在自家露台尝试种植想要种植的植物，去年一棵野生的绿豆苗拔地而起，长得很是威猛，可就是只开花不结果。后来请教相关农业技术人员，他们说，可能是水、肥浇多了，虚长了，只长个儿不结果。任何学问都是有科学依据的，不能凭自己的意愿瞎折腾，明年准备再种几棵绿豆苗试试，好好欣赏它的叶、花、果子，让我尽情享受大自然赐予我的快乐与宁静。

露台种辣椒之乐

有露台的日子过了五六年，种辣椒也有这么久的光阴了。湖南人最喜欢吃、天天不能少的菜就是辣椒。从小看着父母亲种植、运卖各种蔬菜长大，偶尔帮忙采摘，虽然进城学习、工作后从未干过农活儿，在我的记忆中这些画面还是很温暖。当乡镇干部时，走村串户也常见大家忙活种辣椒、晒辣椒。吃得最辣的时候是在乡镇工作之时，只要有过乡镇工作的经历在哪儿吃饭都不怕辣了。我在城市露台种了十多年菜，经验告诉我最好种的菜还是辣椒了。

每年“清明前后，点瓜种豆”。辣椒也不例外，我为了简便快捷通常是从公公家直接弄来辣椒苗，还有从住挽洲的文友家弄来黄辣椒苗，其余的朝天椒就是我用种子孕育的苗子，一粒小种子可以孕育好多棵幼苗呢。

辣椒株型矮小，种在露台，不畏大风的摧残。前几年没经验种了一些高大的瓜果，如丝瓜、冬瓜、扁豆、刀豆，搭个架子，来一场大风，瞬间让瓜棚趴下。经历了一两年再也不种那些容易让风摧残的蔬菜，而选择了大面积种植辣椒，辣椒的生长时间长，从开花结果可延续至第二年元月中旬。从绿茵茵的辣椒苗至花开满枝，果挂满株，不断地开花不断地结果，让你有一种十分美好的成就感，天天可以吃到自家种的辣椒多好，环保蔬菜咧。

今年我种了好几个品种，让我开心至极。普通的辣椒就是开白花结红色果子的那种，或粗如灯笼，或细如手指，从绿绿的渐渐变为紫红、大红，红得发亮就已熟透了。平时可以趁绿时摘，也可以在红极的时候摘，要做剁椒吃时必须是摘成熟的才可以。近两年我的一位文友住在我们湘江河岛中的一个行政村，杜甫也曾去过，并留下千古流传的《次挽洲》。从挽洲岛上捎来的黄色辣椒，味道比红辣椒更辣更带一点甘甜的味道，用它蒸新鲜鱼吃，那种美味简直有“余音绕梁，三日不绝”之效果。今年还在一家饭店要了一颗观赏型的朝天椒的果实，紫色的。回家悉心培育开出的花儿也是淡紫色的，结出的果是深紫色的，长到最后又变成了大红色。将它种在落地窗前金银花的盆子里，发了好多棵幼苗，长得密密麻麻的，懒惰的我没给它们分盆栽出来，任其生长，开出的花儿也是簇簇挤挤的，仿如一盆精心培植的花卉盆景。我拍照发给花卉专家，他说，记忆中这些辣椒都可食用。

还有一盆淡黄色的朝天椒，不知是鸟儿衔来的种子还是老鼠搬来的。寂静地长在花盆内，绽放着与普通辣椒一样的花儿，长着小小的朝向天空的淡黄色辣椒，像一群小星星闪烁在绿色的星空上，煞是赏心悦目。在我浇水时常常停下来仔细欣赏一番，记忆中好像我没有特意播下这棵“小天使”。在查阅资料时，发现鸟儿没有牙齿，它可以囫囵吞枣地将辣椒子收藏在肚囊中，然而并不能消化，随粪便排出体外，在合适的土壤上就让它生根、发芽、长叶、抽枝、开花、结果了。这么神奇的故事让我很是感恩和兴奋，更增加了我在露台种植花草植物、蔬菜瓜果的兴趣了，天天打理、呵护它们，不经意之间还有新品种给我带来惊喜。

每年种了二三十棵辣椒苗，收获的辣椒估计也有一公斤了。每年盛夏酷暑难耐，每天至少早晚各浇一次水，偶尔辛苦之余都想放弃。

风光带的夜市到收摊之时，辣椒五元钱一小堆，剔除不太完美的还有好多可食用的辣椒。今年去恩施回来的路上我在湘西吉首早市还买了四元钱一公斤又红又长的辣椒，我问他们为什么这么便宜，他们说这里农民栽种得多，下午才一元钱半公斤，真是物不稀就不贵了。仔细想想我种菜主要是一种劳动，一种锻炼，一种休闲，一种恋旧的生活方式，顺便还给我带来视觉味觉上的美感，很知足了。

从春天到初冬时的早早晚晚，常可以见到我在露台上，为“子孙满堂”的辣椒树浇水、施肥、除草、剪枝、摘果的忙碌身影。

水芹

某天，年近古稀的婶婶换了双鞋说去菜地帮我扯水芹，主要扯那些野生的但又不是池塘边的，因为池塘边有蚂蟥婶婶不敢去。我也觉得挺好玩的便随婶婶一同去扯，婶婶说细婶婶卖水芹卖蕨两个月了，每天都去街上卖菜。我和婶婶步行几十步就到了她们的菜地，菜地用插了竹篾的红砖围着，婶婶搬开两个活动砖，慢慢地站立好，然后用手把自己的腿搬过去。那么矮的围墙，她跨过去竟然用了好几分钟，她的这种举动让我想起了朱自清的《父亲》中所描写的细节。我的个儿高，一跳就过去了，她说她老了怕摔跤。围墙下面尽是参差不齐的水芹，从露出地面的根茎到叶子全是绿茵茵的，拧几下就会有水滴出来。婶婶吩咐我说："扯肥胖一点的好吃一些。"我边扯边想起曾在自家露台连续种了四五年的水芹。

水芹是一种野菜，挺好吃的，命生得很"贱"，很容易侍候，只要有点土，有足够的水它就能活得滋润茂盛，几乎不生虫子。春天用它们炒鳝鱼吃，那个鲜味让你垂涎三尺。农村人都不吃叶子，仅吃茎。百度上说可以将叶子摘下来，素炒着吃。因为是我亲自栽的绿色食物，非常爱惜，都是连叶子一起炒着吃了。而且水芹菜叶的含钙量高于水芹菜茎，还含有水芹菜茎不含有的维生素 E。

《吕氏春秋》中说，“云梦之芹”是菜中的上品。水芹在江苏一带，被称作“路路通”名字存在美好的寓意，因此在春节或清明节期间是一道必不可少的佳肴，寄予了大家美好的心愿和祝福，希望外出创业的人们万事畅通，诸事顺利。水芹盛产之时正是蔬菜上市的淡季，商业头脑灵活的生意人便搞起了大棚水芹，在野生水芹还没面世时就早早上了桌子。大棚水芹根茎叶都是淡淡的绿，像人缺钙似的蔫蔫的；而野生水芹是长在池沼边、河边、水田里的，沐浴阳光晨露、接受风霜雨雪的洗礼，整个气质形态都不一样，结实而粗壮，吃起来也更加回味无穷。

去年冬天，雨天的时间持续长，中间还下了一场大雪。今年开春，我种的那些曾经水灵灵、绿葱葱的水芹迟迟没露脸，不知是温度太低冻死了？还是鸟吃了？或是被老鼠啃了？

在和婶婶扯水芹的过程中，我想着多扯一点水芹根，带回去栽到露台上，这样我就可以经常吃到炒水芹了，但太阳晒得有些受不了，便打道回府了。

回到家，我坐在凳子上听了好一会儿音乐，婶婶还没回，叔叔扯着嗓门儿呼唤着：“跑哪儿扯去了，要几多哈，快回来煮饭，他们都到家了。”看到曾经居住在低矮破旧平房里的叔叔婶婶如今生活在宽敞亮堂的楼房里，过着锄园种菜、喂鸡养鸭的悠闲生活好不惬意。离开农村三十多年的我不禁也想有一个“屋前种花，房后种菜”的园子了。

车前草

清明假日，在婆婆家住了两个晚上，对孩童时亲近的植物又熟悉了一番。如地带草、蒲公英等，最让我眼前一亮的是车前草，长在婆婆家的池塘边，绿得发亮，每一棵抽出两三根花茎，上面开满了浅绿色的花儿，叶子上的脉痕将整片椭圆形的叶子分成了数块，它们像昔日的好友默默无闻地生活在那里，你来或不来它都在那里等待着。

望着欣欣向荣的车前草，童年的美好时光像电影画面样地铺展开来，农村的孩子五六岁时就要上山砍柴，下地扯草，去河边、山岗放牛做些力所能及的事情。第一次外出扯猪草，父亲就会教我们什么样的草猪儿喜欢吃，记得那时我最喜欢割车前草。那时我就知道它是一味很好的中草药，七岁多时我淘气不去上学，在棉花地里逗留时被狗咬了一口，鲜血直流，娘不知是在哪儿打听了，将车前草碾成汤汁，颜色绿绿的，看着就想吐，任性的我怎么也不肯吃。娘握着拳头要打我，强行要大哥捏着我的鼻子，用筷子撬开我的嘴将它们灌进了我的肚子里，什么滋味我都回忆不起来了。我想"良药苦口利于病"这是经典名言，每次看到新闻有人被疯狗咬了抓狂而死的消息时，我就会想起车前草这么一种有灵性的植物，幸亏当时母亲和哥哥强行让我喝下了这么一种草药，让我至今安然无恙。

车前草又名车轮草、观音草、芣苢，陆玑《诗疏》云："此草牛马迹中，故有车前、当道、马舄、牛遗之名。幽州人谓之牛舌草。蛤蟆喜藏伏于下，故江东称为蛤蟆衣。"车前草长于池塘、河畔、田埂边、花圃内，抽数茎，花儿细细密密，像长长的老鼠尾巴，青青的颜色慢慢变成赤色，五月五日被农村人连同菖蒲、艾蒿采摘回家阴干，泡凉茶做其他的中草药用。

李时珍说："凡用须以水淘洗去泥沙，晒干。入汤液，炒过用；入丸散，则用酒浸泡一夜，蒸熟研烂，作成饼晒干，焙后研末。"可以止暑湿泻痢，养肺强阴益精补虚明目，利小便、除湿痹。久服轻身耐老。真是一种神奇的"灵芝草"。

车前草叶子嫩嫩时可以凉拌、炒熟吃，还可做饺子馅儿，可制作精美的汤，也可和面一起蒸食，还可煮粥呢。

在习近平主席曾经工作过的梁家河村，我看见农民的菜地里专门种植了车前草，比我们平时见过的车前草高大肥硕得多，我想那户人家应该是个中医世家。

有关车前草的传说浪漫而有趣，相传汉代名将马武，带军征服武陵的羌人，由于打败仗被困在荒无人烟的地方。时值盛夏，久旱无雨，军士和战马都因缺水而得了"尿血症"，当时没药可寻，一个名叫张勇的马夫发现三匹患尿血的马不治而愈，寻根究源，只见地面上一片像牛耳形的野草被马吃光，随即报告马将军，马将军大喜，问此草生何处？张勇用手远指说："就在大车前面。"马武笑道："此天助我也，好个车前草。"当即令全军吃此草，服后果然治愈了尿血症。车前草的名字就这样流传下来。诗经中有段极美的诗句，描述婀娜多姿的少女采摘车前草的情景，让人读来如诗如画，感觉自己也亲临大自然，陶醉在她们劳动和收获的喜悦里。"采采芣苢，薄言采之。采采芣苢，薄言有之。采采芣苢，薄言掇之。采采芣苢，薄言捋之。采采芣苢，薄言袺之。采采芣苢，薄言襭之。”想起这么俗气的植物，竟有这么美妙的诗句，真是太让人意外了。天朗地清之日，我也准备外出采摘这美妙的草药回来炖鲜美的汤吃。

“玉札、丹砂，赤箭、青芝，牛溲、马勃，败鼓之皮，俱收并蓄，待用无遗者，医师之良也。”这是文学家韩愈曾经赞美车前草虽然微小轻贱但处处显示着它的宝贵，我想车前草品德之无私也是我们值得学习和效仿的。

露台种菜

自己出生在农村又嫁给农村长大的孩子，父母亲和公公婆婆都是种菜的一把好手。小时候看多了父母亲种菜的身影，感觉很是简单，于是开车去郊区取土，一桶桶提到露台，用水果箱、泡沫箱、花盆装好土，将菜秧子往里面一塞，浇一勺水，就算完毕了。然后常常浇浇水，偶尔用水果皮、蔬菜叶等能够自行腐烂的东西制作有机肥，十天半个月给它们点营养，我所掌握的方法就这么些，其他的只能任其自由发展了。

开始一两年大部分蔬菜瓜果都是广种薄收，经常向三位长辈请教种菜的方法，渐渐地迟钝的我也积累了些许经验，如弄点菜枯饼发酵成肥料、隔段时间松松土、剪去多余的闲枝败叶、让植物尽量多享受一些阳光雨露……功夫不负有心人，我种的丝瓜也结得硕大一条，时不时赠与一些给邻里好友；去年的新鲜辣椒吃到今年的元月……收获的喜悦与从菜市场买回菜的那份感受是不能相提并论的，看着它们发芽、长叶、开花、结果，如同照料初生的婴儿那般小心呵护，天天盼望着它们茁壮成长！也常常收到文友们从乡下捎来的菜苗子，骑摩托车或开汽车专程送来，手捧文友送来的“宝贝”，你好意思不用心栽培吗？“宝贝”们长得好好的，我会拍照发到朋友圈给大家分享快乐，有时还把朋友们邀请到家品尝“胜利成果”，那种其乐融融的感受是多少金钱也无法“采购”到的。

今年的辣椒没种好，长得很茂盛，却不知何时被老鼠还是鸟儿横腰折断，留下光秃秃的枝丫让我伤心不已。经我细心照料，它们相继又生发了新叶，没有了风灾，来了这么个意外的“畜灾”。有时很是义愤填膺，转而又想，区区小事，不足挂齿，种得好玩而已。心情倏地由“阴”转“晴”了。其他的品种还是蛮给力的，茄子长得好大一个；黄瓜绿青绿青的；南瓜苗长得很蓬勃，花儿开得灿烂而张扬，惹得蜜蜂忙忙碌碌；扁豆种是下乡扶贫在农民朋友家要的，有白色、紫色两个品种，都在“疯狂”地扩张自己的“领域”；还有丝瓜苗已攀上了瓜棚，积蓄着能量待黄瓜谢幕后，由它们来展示风采，这是我今年的“新招”，发现黄瓜比丝瓜早熟，合理运用空间。往年黄瓜没一个好收成，原因就是没有给它们一个好的“平台”发挥它们的“能耐”，今年总算硕果累累，几蔸黄瓜结了十多条了……看着赤橙黄绿青蓝紫的画面，我的心天天开怀着、怒放着，这就是累并快乐着的真实写照！

露台种菜，如果每天艳阳高照，那么早晚浇水是必须的，隔两三天不浇，立马放痨给你看，用水一滋润，片刻精神抖擞，一派生机盎然的景象。而我常常汗水湿透了衣衫，懒惰的我忽然想起农民伯伯们，将一些杂草铺盖在菜的周围减少了水分的蒸发。于是一个周末去割了好多杂草，像盖被子样的给它们盖得严严实实，效果还真立竿见影呢。

双休日喜欢在露台上花费更多一点的时间，有时弄得有点异味，儿子会批评我，妈妈为了吃点无公害蔬菜，怎把自己的生活过得这般没品质？我们在农村长大的这一代，感觉偶尔闻了这么一丁点儿气味根本不算什么，儿子的梦想是先去某地接受职业培训然后去房价高得吓人的经济繁荣城市就业安家。每天吃着航运的成批量的被贩卖的蔬菜，在公司加班加点，月末大部分收入被直接扣除用来供养着几十年都要“伺候着”的房子……儿孙自有儿孙福，我不能掐断他美好的憧憬，只能尽量帮他圆梦。在帮助的同时，每天还在享受着自己的田园梦想。也许有一天儿子在职场累了、厌倦了，他或许会回来和我一起体验露台种菜的天伦之乐。

自种藠头

最近第一次吃了自己种的藠（jiào）头，很是开胃，炒了一大碗，吃了几小口饭，现在常常是多吃粗纤维少吃精细的食品，去年体检脂肪肝较严重，今年测量已变轻微。

炒藠头味道非常好，我决定连续吃几天，于是傍晚时分再次挖了几大把，坐在露天阳台的矮墙上，一根根挑拣，内心涌起一股温润的情感。这些藠头缘于去年买了一位挑着菜担行走在街头上的大伯的，记得当时五元钱两把，丢在工作室好几天，叶子都黄了，估计茎也不会怎么好吃了，我都准备扔了，以种菜为副业的同学说，把蔸子剪下来栽到土里，还会活的。我半信半疑地照做了，不到十天半个月，它们就“还魂”了，不知种了几个月，去年秋冬之时，它们竟然开了很多紫色的花儿，让我很是欢喜，紫色是我特别喜欢的颜色，花儿俊秀雅致惹人怜爱。几个月来，每次仅浇点清水或自制的肥料水，就长得很结实很旺盛，从来没有生过虫子。冬天下雪了，只见雪压在绿绿长长的叶子上，丝毫不见它们有惧怕寒冷之意。开春了，藠头的叶子疯长，太阳一出来，水分不久就蒸发了，估计已经熟透了，挖出来品尝，味道鲜美！在这夏天高温大风的露台，土地非常贫瘠，它们居然长得很精神，让我不得不刮目相看，我决定下半年再多种些藠头。

记得小时候父亲常常以卖菜种田养家糊口，开蔃头便是他每年要做的工作。父亲先平整好土地，然后将土地开成一条条浅浅的沟，放上泥土拌好牲畜粪便，最后将蔃头种贴在土里，将土严严实实压紧。半个月左右就会长出嫩黄或嫩绿的细苗来，隔段时间松土除草施肥，自始至终不用担心长虫子。几个月后挖出来的蔃头便白白净净的、肉质饱满而水分十足。父亲将它们洗得干干净净，将长长的叶子挽在后面，像一个中年妇女梳的发髻，整整齐齐地摆在篮子里，挑到集市没多少工夫就卖光了。父亲挑的菜卖得好，回来咳嗽的声音似乎都带着音符，他也时常买点面食给我们打点“牙祭”；如果没卖掉菜他就会愁眉紧锁，妈妈看着他的表情就知道结果怎么样了。吃着自种的蔃头，父亲辛劳的形象恍若出现在我的眼前；在这春暖花开的季节，看着乡里乡亲的卖菜老人我也会想起我亲爱的父亲……父亲吃苦耐劳、勤俭节约的美德烙印在我的心灵上，无论何时，无论哪里我都能感受到父亲曾经对我们儿女无私的爱。秉承了父母亲些许优点，我虽住城里，但种点小菜养点花草之类的活儿都不在话下。曾经没有汽车的日子，我都是骑着自行车去郊外取土，然后一袋袋提上楼，收拾好后大汗淋漓满手泥巴，从来没有觉得有多脏，反而久居闹市忽然回归大自然，感觉很轻松惬意。

种过了一次蔃头便熟悉了它的些许特性，也坚定了丰收的信心。在当今对环境治理日益重视的时代，吃上放心蔬菜也是大家渴望和羡慕的。何况腌制蔃头在日本被称为“菜中灵芝，佐餐佳品”，有人作诗“久食龙肝不知味。馋涎只为甜蔃头；碗中有颗甜蔃头，胃口顿开食欲增。”蔃头可以素炒，可以水煮，可以“头部”和“身子”一起炒，“头部”可以煎蛋，可以腌制，可以爆炒肥肠。

平时读书习字，闲暇时种菜养花好不开心，每一种植物都有它的文化内涵，值得我们去探究。

又到柿树飘香时

周末好友带我去她堂哥家摘柿子。早就听她宣讲过她堂哥家柿子树型高大，果实数量多，味道甜美，也有幸尝到了她给我的一个柿子，确实温润可口，一点涩的味道都没有。想起这么有趣味的差事，还在午休的我一骨碌从床上滚下来，带着嫂子和她的孙子，一同去享受朋友的情意和大自然的恩赐。

我们驱车十五分钟就到了她堂哥家。那里位于一个依山靠水的小坡里，五棵柿子树像彩色的降落伞一样撑在堂哥家的房前院后，柿子有的熟得就要掉下来了，想必摘下来就可以入口；有的还没完全红透，摘下来还要放在大米里面捂一段时间才适合品尝。大小不一的柿子或独个或成对或成群地挂在枝头，给人一种喜庆的好心情，恍如来到了陶渊明描述的诗意栖居之地。

好友问堂哥："都熟得差不多了，怎么还不摘下来。"堂哥说："顺其自然，谁吃谁摘。"我顿时惊讶了一下，让我想起了一个"不要把柿子全摘光了"的故事：在一个小山村里，每到冬天，村民们都会把树上的柿子摘下来，一个不留。有一年在一个特别寒冷的冬天，大雪纷飞，几百只找不到食物的喜鹊一夜之间都被冻死了。第二年春天，柿子树重新吐绿发芽，开花结果。一种不知名的毛虫突然泛滥成灾地眷顾着柿子树。柿子刚刚长到指甲大小，就被毛虫吃光了，那年秋天，这些果园没有收获到一个柿子。直到这时，人们才想起如果有喜鹊在，就不会发生虫灾了。从那以后，每年秋天收获柿子时，人们都会留下一些柿子，作为喜鹊和其他鸟类过冬的食物。留在树上的柿子吸引了很多喜鹊到这里来过冬，春天也不飞走，整天忙着捕捉果树上的虫子，从而保证了柿子的丰收。在收获的季节里，留几枚柿子在树上，是一道道人间最亮丽的风景，也是人与大自然和谐相处的很好呈现。

美好的故事给人启迪，美好的东西让人爱不释手。堂哥给我们摘了十几个柿子，我带了侄孙儿摘了三个。小小的城里男孩第一次到乡村体验这种摘果实的生活，高兴得手舞足蹈。回到家我将黄黄的、红红的柿子摆在茶几上，忆起小时候娘家住在湘江河畔，只有菜地没有果园，苦于家中的贫穷，让我们兄妹只能“望柿兴叹”；柿子丰厚圆硕、形如如意，又因“柿”与“事”谐音，历代文人们绘出了“柿柿平安图”“柿柿如意图”，色彩艳丽，美不胜收。记得曾经在西安旅游时，导游讲述的故事，相传三百多年前，李自成称王西安后，临潼老百姓用火晶柿子拌上面粉，烙成柿子饼慰劳义军，很受义军将士称道。后来，经历代厨师不断改进，才发展成了今天的黄桂柿子饼。为了纪念李自成及义军，黄桂柿子饼成了有口皆碑的美食。

现在生活殷实，品尝柿子一年四季都不是问题。交通发达、信息畅通、科技发达，水果店一年四季皆有柿子出售，实在没有新鲜的柿子，柿子饼总是有的，而且物美价廉，很受老人、小孩子们青睐。农村房前屋后都种满了这种惹人喜爱的果树，柿子树的品种改良得较以前甜蜜得多了。记得有一次在一个水库休闲，附近老百姓摘柿子吃，我们有个朋友喝了点酒，显得财大气粗了点，仗着“有钱就好办事”的宗旨，大声嚷嚷：“柿子多少钱一斤？”老百姓理都不想理，不冷不热地说：“不卖！”其中一位女友向农民朋友表示非常喜欢吃，农民朋友说：“想吃自己来摘或者打。”当我们很不好意思地去摘柿子时，农民朋友还是很友善地给予了帮助，告诉我们要摘什么样的才好吃。我们虽然吃到了沁人心脾的柿子，可这段经历值得我们思考。

回想着曾经的酸甜苦辣，品味着色香味俱全的果实，我决定在公公婆婆家也栽上两棵柿子树，待我年老眼花时还可守着两树果实回首往事慢慢变老……

在种丝瓜中感受美好

住在有露台的房子里，种丝瓜是我每年的必修课。一共种了五个年头了，种出了经验，也种出了快乐和美好。

“清明前后，点瓜种豆”是非常灵验的农业谚语。有一年看着我的丝瓜比老百姓种在地里的长得慢些，心想来年未雨绸缪，早点下种，结果种下的种子没发一棵芽子，估计种子都给冻坏了。到百度上一查，违反了自然规律，什么时候干什么事情是很重要的，现在常常是直接从婆婆或同学那移栽丝瓜秧子，省去播种环节。

秧子栽下去大部分都能茁壮成长，偶尔会有一两根“夭折”，或被害虫咬断或自己不小心弄断，因此常常多栽三四根。栽下去，两三天浇一次水，一个星期施一次肥，盼着丝瓜苗早日爬上瓜架就像盼着自己的孩子渐渐长大似的，那份欣喜那份好奇让人感觉每天都是新的。当丝瓜苗长到快两米左右时，它就会开始打花苞了。有的是雄花，不结瓜，但雌花必须和它对粉才会结果，蜜蜂、蝴蝶和风儿是它们的媒人，几平方米的露台种上四五蔸丝瓜苗，爬上几平方米的瓜架，像绿绿的地毯上绣满了黄色的大花朵。蜜蜂、蝴蝶在上面飞来飞去，鸟儿偶尔在那儿歇息，那种美你是可以想象得到的。炎热的夏天，露台上简直如火炉一般，千万不要指望有丝瓜结。头一年还以为种的全是“公”的，望着茂盛的丝瓜苗和灿烂的花朵，我和妈妈很是失望，于是安慰妈妈说：“没事，好比种花儿欣赏。”没想到立秋后天气凉爽了，丝瓜像雨后的春笋般生发出来，一条条悬挂在瓜棚下或横躺或斜卧在瓜架上，那种顾盼生姿的可爱样儿让你心生感激的情怀，而且稍大点的一条可以吃上两餐，那种甜润爽口的滋味让你回味无穷，每年可以结上十五到二十条不等。

丝瓜全身都是宝，又名菜瓜、胜瓜，含蛋白质、脂肪、钙、磷、铁等很多营养。更为重要的是丝瓜中含防止皮肤老化的B族维生素、增白皮肤的维生素C等成分，能保护皮肤，消除斑块，使皮肤洁白、细嫩，是不可多得的美容佳品，故丝瓜以“美人水”著称。丝瓜对土壤要求不是很高，在农村田野、山头、塘边处处可见，有蛇形的和棒形的两种，现在有一种瓜皮上有刺的那种，据说味道很好。丝瓜颜色有绿色的，有黄中带绿的；形态有修长形的，有矮墩墩的，也有不长不短的，长得“丰乳肥臀”，让你很有丰收在望的成就感。丝瓜可以凉拌、炒食、烧食、做汤或榨汁用以食疗。记得曾经在一本杂志上看到一位八十多岁的老太太面色红润，皱纹极少，美容秘诀竟是用吸管在丝瓜藤处（开一个小口子）吸取藤内的水分，每天当爽肤水滋润皮肤。爱美的我曾经尝试过，终究因没有恒心放弃了。

母女俩都来自农村，对种菜种瓜甚是热爱。母亲还是“行家里手”，给丝瓜松土、施肥、打叶、摘花。我只负责浇水施肥和负责摘瓜，家有瓜棚，感觉自己不是生活在“水泥森林”，而是处在田园风光中，让母亲俨然生活在田间地头，不那么孤独寂寞。瓜棚悬空在三楼露台外边，常有几条丝瓜很难够到，母亲常常担心我摘瓜时不小心摔下露台而伤及身体，必须亲自在场看着我摘丝瓜才放心。看着我爬上瓜架，提醒我抓牢栏杆，然后她用双手扯着我的一条腿，其实我是给她一点心理安慰，我这有点分量的体重，她那瘦弱的身子是没有承受之力的，只要她心理踏实我也就配合母亲这一动作了。母亲八十三岁了，步履矫健、声音响亮，一声“摘丝瓜去”让我倍感幸福，希望这种声音能够再陪伴我很多年……

空中种冬瓜

母亲一年四季喜欢吃冬瓜，或小炒或红烧或炖排骨，有冬瓜吃其他菜可有可无，住现在的房子里，有阳台有露台，娘儿俩萌生了种冬瓜的想法。

去年也种过，只见藤、叶茂盛，结了冬瓜仅手指大小便黄了。今年我又从公公婆婆那拿籽育了苗子，随便栽入一个高高的稍大的花盆内，冬瓜苗爬上瓜架个把月就覆盖了大半个瓜棚，绿绿的叶丛中开满了金黄色的五个花瓣组成的花朵儿，先后结了两条长短不一的小冬瓜，煞是惹人怜爱，毛茸茸的，给人“毛犊初开”的希冀，可惜一个星期左右就感觉它们成不了气候，果然小冬瓜黄得没了一点绿色，相继夭折了。开始种时我抱着玩的心态，不结瓜就当欣赏吧，没想到几天后又冒出小小的冬瓜悬挂在瓜棚下，每天似乎都在长大。妈妈和我特别厚爱这棵冬瓜苗，一天浇两三次水，生怕它营养供不上，三五天又浇上自制的有机肥。浇一次就低头看一眼，看看是不是又比昨天长大了一点，年迈的母亲像小孩子似的，总是念及冬瓜，冬瓜长得太大不会被风刮下去砸了人吧？我也在琢磨着想个什么办法，既不妨碍冬瓜正常生长又不会伤害他人，打算去买个网子网着吊在栏杆上，还未来得及下单，黄昏时妈妈拿着棍子绳子说要把冬瓜摘下来，我说挪个地方就好了，我爬上栏杆，用手够冬瓜，小心翼翼把它托到瓜棚上，然后在瓜棚上又加固了一根短木条，防止它不小心被风吹下去，这下妈妈心里的石头就落地了。在我爬上栏杆时，妈妈急得用双手扯着我的一条腿，母亲的这一行为让我忍俊不禁，笑完之余也让我心灵震颤几许，可怜天下父母心！

完成这一光荣使命我便在思索，为什么妈妈八十三岁了，身体还那么健朗，身材又极为苗条，原来与她常年喜欢吃的几个菜有很大关系。冬瓜全身都是宝，冬瓜味甘、性寒，有消热、利水、消肿的功效，它所含的丙醇二酸，能有效地抑制糖类转化为脂肪，对减肥有很大的功效，有助于形体美……

历史名人宋朝的郑清之有《冬瓜》：“剪剪黄花秋后春，霜皮露叶护长身。生来笼统君休笑，腹裹能容数百人。”露台上种了冬瓜，让行人常常仰头观望，虽已立夏很多天了，感觉还如春天一般，黄花灿烂、蜜蜂嗡嗡，每天心情爽朗。以前听过一个笑话，讲一个粗心媳妇回娘家，听说娘病了，吓得够呛，一边哭一边把炕上正睡觉的孩子抱起来就往娘家跑，路过一片冬瓜田，摔了一跤。爬起来把小被重新裹起孩子继续跑，到了娘家门上，把孩子往炕上一放，天呀，哪里来的孩子，原来怀里抱着一个大冬瓜。孩子呢？被她撂在冬瓜地里了。在当今交通信息发达的今天我想不会再有这样的笑话产生了。在那饥饿的年代，冬瓜也温暖了很多人的肠胃。在冰寒地冻的日子、在青黄不接的季节，家里藏着数条冬瓜能让主人心安几分。

传说孙真人说：九月不要吃冬瓜，否则使人反胃。只有经霜后的冬瓜吃了最好。倘若每天用一个冬瓜和桐叶喂猪，整个十一、十二月，不喂它任何饲料，猪也不会感到饥饿，反而会比原来长大三四倍。可惜现在的人都是用加工的饲料喂养生猪，再也吃不到“青饲料”喂养成的鲜肉了。大自然的规律是不可随意扭转的，万物都是吸天地之精华，随着时令的变化而发生内部结构的改变，人类最好是顺其自然，食时令蔬菜水果有利于人体健康，这也是都市人追求幸福生活的目标之一。

冬瓜不仅给我们带来味觉上的美感还给我们带来精神上的愉悦，自从喜欢上种菜养花，我对每一种植物都心存感激之情，它们是大自然赐予我们的礼物，让我们在凡尘中寻找些许情趣。我常常告诫自己在赶路的过程中，不要忘了留意欣赏路边的小花小草……

种菜之乐

既喜欢养花弄草更喜欢种菜摘瓜，一个花钵里常常有好几个品种，黄瓜栽在茶花树旁；月季身边栽了卷心菜；绿萝中间栽了西红柿苗（绿萝喜阴，西红柿苗长大了正好可以为它遮阳挡雨）；五角星花与苦瓜藤相恋在一起……妈妈总是嘀咕着，这样下去菜的收成不会好，栽了花没什么用，栽了菜可以吃。念叨归念叨，我依然难以舍弃种菜之时有花欣赏的日子，母亲也只好顺了我。今年栽了丝瓜、西红柿、黄瓜、苦瓜、辣椒、刀豆，时常种了些许萝卜秧子，在城里人渴求向往回归大自然的心愿中，我天天可以在阳台上播种耕耘收获，不求奢华，只求过着平平淡淡的草本生活。

种菜的快乐是片段式的，如某天早晨浇完水，采摘了我人生中亲自种的最大的一个茄子，紫亮紫亮的；某天黄昏摘了最大的一颗西红柿，黄中透红，握在手心里格外舒服；读书累了抬头看着架上的苦瓜结了好多条，本地的、杂交的，乳白色的、绿青色的、红黄色的苦瓜隐隐约约悬挂在苦瓜苗中间，蜜蜂在上面嗡嗡地歌唱，简直如一幅花鸟画展现在你的眼前。我和母亲最喜欢吃苦瓜了，清热解毒；夏天的南瓜苗疯长，据经验来看估计只开花不结果或结小果而中途“夭折”，因土层太浅，营养跟不上；丝瓜也只见叶和花，妈妈说会结的，慢慢等候。每天早晚浇一次水，相当于活动筋骨、锻炼身体，且还有五角星花、雄黄兰、三角梅、月季花、牡丹、吊兰、茉莉花养眼，还有茶花、金银花、绿萝苗子在蓄积着能量，待它们容颜亮丽时再给它们施展的空间。每次下班后我就惦记着回去让它们“喝水”，天刚亮时就跑到露台上去呼吸新鲜空气，剪剪枯枝烂叶，看看渌江风光带晨练的人群，偶尔会有不同羽毛的小鸟在露台上踱步寻食。

阳台种菜遇到季节不好的日子，只能以“纯属自娱自乐”自我安慰。阳光雨水均充裕，只是刮过一场大风（通常是春夏两季），就能让植物们元气大伤，十天半月还在恢复“身体”，自然比“接地气”的长得慢几拍。现在“朝九晚五”的作息时间让我早晨有充足的时间当“菜农”，从小看着父亲播种、除草、松土、施肥、收割、拣菜、售卖。那种自给自足还能变卖现金贴补家用的劳作方式很是让我刻骨铭心。我在想我家露台装上挡风墙，应该也可以供应自家“口粮”了。“春华秋实”这句成语太有哲理了，浇了一个夏天的水，今年秋天，“菜园子”给了我意外的喜悦，是我种菜以来收获最多的一个季节，冬瓜、南瓜、丝瓜、黄瓜、茄子都在疯狂地为我奉献果实，好像在弥补夏天的不足，整整一个夏天都是欠收的日子，搞得妈妈每天皱眉头，准备偃旗息鼓了。我多次安慰她老人家，不要不舒服，当作锻炼身体好了，不想搞没关系，全让我来弄。坚持了一个夏天的早晚劳作终于换回了秋天的果实，现在的南瓜冬瓜都长得娃娃般大了；茄子像悬着的紫色灯笼张灯结彩；丝瓜结了十多条，穿着白中透着绿色丝线的“外衣”，超长一条，抱着丰满圆润而又水分充足的丝瓜让我很有成就感……据营养专家说秋天的瓜菜营养极为丰富。

每天有花开、时常有菜采。很多菜都是开花的，要结成瓜的必须先开花，大部分都是黄色的花。黄瓜、丝瓜、南瓜、冬瓜、甜瓜通通开黄花，茄子、扁豆开紫色的花，很秀气很优雅。黄瓜和甜瓜花差不多一样的形状和大小，丝瓜、南瓜、冬瓜花朵大多了，整个露台一片繁花景致，惹得蜜蜂蝴蝶翩翩起舞，正如网络流行语：你若盛开蝴蝶自来。看着这么美的盛况，结不结果还那么重要吗？种菜对离开农村多年的我来说是很新奇的事情，也是很有乐趣的事情。付出的汗水和收获的成果相差甚远，但我丝毫没有后悔之意，自从搬到这个有阳台、露台的大房子里，我就没有在外大量购买过韭菜、萝卜菜、红薯叶、南瓜叶、丝瓜、苦瓜、辣椒。在有绿色植物和鲜花欣赏的同时顺便品尝了一丁点儿新鲜蔬菜，并且抚慰了我浮躁的心灵，也启迪了我思索的习惯，为什么西红柿开那么多花仅挂一个果？为什么辣椒尾部无缘无故坏掉一节？先问百度，再问有经验的种菜人或者在买种子时问问店长，不知不觉也积累了一些知识。最有趣的是看着可爱的“小生灵”激发了我拍拍照、写写文字的冲动，真心希望若干年后我能在植物领域有所学识或者在文学领域有花草蔬菜类的杂记文章供人欣赏。自从喜欢上种菜以来，每天早晚浇水、除草、剪枝、摘菜……运动半小时以上，其中的付出与收获只有亲身经历过方能乐在其中。人生苦短，幸福与快乐都是一种内心感受，“心若向阳，无畏悲伤”，内心怀有欢喜，是一个人健康向上的最好动力。要使自己怀有一颗不老的心，亲近大自然、种菜养花是我最嗜爱的户外运动，老舍、林清玄等很多文人雅士也钟情于这些粗体力的劳动活儿。每天有花开，每天有无公害蔬菜吃，每天有鸟儿来嬉戏，每天早晚看着这些“不能言语的朋友们”内心洋溢着对生命的热爱之情。住在这天蓝水清的风光带河畔，心中宁静……

夕阳西下，“菜园子”里溢满了黄、橙、红、绿、青、蓝、紫的梦幻色彩，看着别人家丰茂的“后花园”，想起自家贫瘠的收获，应该是投入太少、经验不够、土壤不肥沃，凡事须认真、持久，方能“根深叶茂”结硕果！

芋头

性格爽朗、勤俭节约八十有余的母亲特别喜欢吃芋头，对芋头情有独钟，在孩童时代我就爱上了吃芋头，我们一大家子都与芋头有着很深的情愫。

母亲说，在我们很小的时候，家中人多、粮少，有芋头吃是最幸福不过的事情了。那时父亲每年都在长长的水沟里栽植很多的芋头。芋头适宜种植在水田、低洼地或水沟，只要水分充足，土壤不是太贫瘠，都能收获多多。芋头几乎不生虫子，但生长期较长，从二三月份开始下种，要到十一月份以后才能收获。平时也非常喜欢欣赏它外形似“荷叶”的身影，肉肉的枝条，绿绿的、椭圆形的叶子，下小雨或有晨露的时候，叶子上常有圆圆的水珠，晶莹透亮，煞是有诗情画意之感。

记得幼小的时候，我和伙伴们捉迷藏，常常躲在茂盛的芋头叶下，有的甚至摘下叶子盖在小脑袋上，回到家全身都是脏兮兮的。我们那时天真无邪的童年是现在的小孩子无法体验到的快乐！到了冬天，父母亲用撮箕挑回好多担芋头，堆在谷仓旁边，那黑黑的、白白的、红红的芋头静静地躺在我们的杂屋里，可以储藏很久也不腐烂。冬天寒风凛冽，外面的蔬菜几乎停止了生长，唯有芋头百吃不厌。在那不富有的年代，父母亲卖芋头贴补家用，三个哥哥和我都长得高高大大、健健康康离不开芋头的功劳啊。

芋头书名亦称芋、芋艿，多年生块茎植物，品种分为红芋、白芋、九头芋、槟榔芋等。我们湖南尤为盛产白芋和槟榔芋，槟榔芋是芋头中的上上品，颜色系咖啡红。在日常生活中非常受人欢迎。芋头也可作为观赏植物，类似蔓绿绒、万年青，在城市中生活，当你眷恋农村生活，可以在阳台花盆中种植一两蔸，勤奋地浇水，可以养眼，也能让你尝尝亲手劳动所得果实的滋味。

传统的中秋节有吃芋头一说，寓意辟邪消灾，并有表示不信邪之意。清乾隆癸未年的《潮州府志》曰："中秋玩月，剥芋头食之，谓之剥鬼皮。"剥鬼而食之，大有钟馗驱鬼的气概，可敬。

关于吃芋头，还记得我们读书时有清代文学家周容的一篇散文《芋老人传》之精华："犹是芋也，而向之香且甘者，非调和之有异，时位之移人也。"这句话的意思是：都是同样的芋头啊！从前芋头之所以那么香甜，并不是烹调有什么两样，而是时势地位改变人的口味啊！从这个故事中，我进一步理解不论友情还是爱情，我们都要共同成长、共同进步，才能维持长久。

关于吃芋头在清朝道光十九年（1839）还发生了一个有趣的故事。林则徐被任命为钦差大臣到广州禁烟，在广州的英、美、俄、德等国的领使，用西餐来招待林则徐，在饭后上了一道冰激凌，林则徐因不知冰激凌为何美食，看到有气冒出，以为是热的，便用嘴吹之，好让这道菜凉了再食，领使们看着大笑，把林则徐气得吹胡子瞪眼睛。但林则徐也不动声色，过了许久，林则徐宴请那些领使们吃饭，他请吃的菜肴都是凉菜，之后上了一道"芋泥"，颜色灰白，表面闪着油光，看上去没有一丝热气。那些个领使以为那也是一道凉菜，用汤匙舀了就往嘴巴里送。哈哈！上当了，领使们都烫得哇哇乱叫，林则徐心里暗笑，嘴里则不停地抱歉，说没想到他们原来不知道这"芋泥"外冷里烫。

说到我们日常吃芋头，确实是一道老少皆宜的好菜。可以像红薯一样煨着吃、烤着吃；可以煮熟擂成稀饭样，放上几根切断的绿绿的大蒜苗做馅料，非常可口下饭；可以切成丝炒牛肉吃；还可以切成小小的片状，放上剁辣椒和豆豉蒸着吃；也可以切成长条夹在扣肉中蒸着吃；还可以加工制作成蛋糕、各类甜饼点心；芋头枝可以晒成咸菜蒸肉吃，那种油而不腻的口感让你得吃好几碗饭呢！芋头营养丰富，含有钾、钙、胡萝卜素、维生素C等各种成分，能够增强人体的免疫力，而且有化痰散淤、解毒消肿，适用于癌肿、淋巴结核等病症的食疗作用，难怪母亲八十多岁了，至今仍身体棒棒的，原来与喜欢吃芋头有着不解之缘！

第四辑　花团锦簇

黄精花开

一次在山上的一个农庄吃中饭，桌子上有一道很特别的汤，开始误以为是生姜炖的什么汤，后来听朋友说是黄精墨鱼汤，生姜和黄精的外表很有几分相似，都是淡黄淡黄的根状茎。那汤的鲜美味道至今让我口齿留香，喝汤就想起黄精炖的汤最过瘾。就像孩童时吃舅妈炒的田螺红辣椒是我这辈子吃过最有味道的菜了，之后在哪里吃螺都无法与之相比。

十多年前，我就听说有黄精这样一种植物。记得那是一位搞农业项目的企业老总，说黄精是一味中草药，种植它前景无限好，并承包了一大片山岭。当时没时间实地观察它，一直到近两年，才真正品尝了它的美味，也见到了它纯绿纯绿的椭圆形叶子，长长的茎杆，大体形状有点像狗尾巴草的态势。今年索性叫朋友在山上挖了几棵黄精苗，在露台上尝试着种植一下，朋友送来时一再叮嘱，轻拿轻放，它非常脆弱，一不小心就折断了。我按他的吩咐，盆子内放了足够的已腐烂的木质废料，这样能通风透气排水好，又放了一些好的土壤在上面，小心翼翼地把它们栽入稍大的盆子当中。将它们分成四盆，栽好分别放在高大的柠檬树、金橘子树下，它适宜生长于凉爽潮湿荫蔽的地方，喜欢疏松、肥沃、透气的砂壤土，不是特别耐寒。期盼着它们长出更多的子子孙孙，到时再分发给哥哥们种到乡下去。

栽下不到一个月，四盆黄精里就已经夭折两根了，我想它们的根状茎应该还是有生命力的，期待着它们重新发出芽来。有一盆长到了近一米高，开出了一串串淡绿色的花儿，一组花四至六个花骨朵儿，从低至高，花朵从五、四、三、二排列着，从来没有一朵花儿单列着。修长的喇叭形，隽秀极了，淡淡的香味，它们还可以结果呢。期待着十月份收到它们的果子，来年清明时节再将它们种下去，不过用种子繁殖三至四年才有收成。黄精苗全身都是绿色的，可作盆栽当花欣赏，根状茎又可炖汤、炖猪脚、炖鸡当美味品尝，有的地区用油炸黄精加上佐料又是另外一番风味。

黄精之名取自于仙家用其得土地之精华，故李时珍说："仙家以为芝草之类，以其得坤土之精粹，故谓之黄精。"《滇南本草》云："洗净、九蒸、九晒，服之甘美，俗亦能救荒，故名救穷草。"从诸多医学书中获悉，黄精是珍贵的中医药材，有润肺滋阴，益肾补精，补脾益气，强精健骨之功效。

黄精可以延年益寿，有强身健体、防老抗衰的功效。相传唐朝地藏王金乔觉在九华山修行多次食用黄精根，结果活了九十九岁，他在《酬惠米》中说："而今飧食黄精饭，腹饱忘思前日饥。"俗有"北有长白人参，南有九华黄精"之说，我想金乔觉九十九岁圆寂，肉身不腐的故事与黄精是有很大关联的。

还听说过一个故事，在很久很久以前，有一个小姑娘因自幼父母双亡，而被迫到一个财主家打长工。狠心的财主每天逼她上山砍柴割草，下田耕地种菜，可吃的却是残羹剩饭，而且还吃不饱。无奈之下，小姑娘只好在饿时挖野菜和草根吃。偶然间，她发现在一片阴暗潮湿的灌木丛中，长着一些开着淡绿色小花的不知名植物，于是上前摘来吃，觉得味道甘甜。她又挖出那植物的根部，发现根部形如鸡头，肉质肥厚，于是洗净就吃，更觉得其清爽可口，仿佛吃水果一般。从此以后，每当干活饿了的时候，她便吃这东西，不知不觉地吃了好几年。而她，也从一个瘦弱的黄毛丫头出落成一个亭亭玉立的大姑娘，且体格健壮，但又不失姑娘家特有的苗条丰满。

财主见姑娘出落得如此美丽，于是色心大起，不让她上山或下田劳动，强迫她做自己的小老婆。姑娘誓死不从，逃进山中，过起野人一般的生活。她的故事被华佗获悉，将那不知名的植物带回家中研究。发现这种植物是药中之精华。后来华佗就把它称为“黄精”，小姑娘后来跟随华佗学医，悬壶济世。

我利用业余时间在露台上捣鼓捣鼓，观察实践，看看黄精适不适合我们这里的气候，说不定也可以有点小作为呢，现在很多地方用人工种植黄精来振兴乡村经济。

雄黄兰

四年前的一个初夏，随单位的同事去有“娄底梯田王国”之美誉的紫鹊界考察学习。在一农户家门前的山坡上见到了“风吹草低见黄花”的美景。当时我就谦虚地向阿姨请教开黄花的是什么植物，阿姨说她也不知道，反正是一味中草药，可以散瘀止痛，消炎止血，用于跌打损伤。阿姨很慷慨地用锄头挖了两三株给我。回来后我将它们用养过绿萝的花盆栽植于露台上。它就是雄黄兰，一个很粗犷的名字。

已经在我家落户好几年光景的雄黄兰很好养，从没换过盆，每年大地回春，它们就像野火烧不尽，春风吹又生的野草，绿茵茵地长成一大盆。像小麦苗子，又像剑兰的叶子。记得每次花开后我仅剪去花梗和枯枝败叶，在上面加一层肥沃的土壤，来补充它们开花时伤的“元气”，时不时浇上几瓢水来滋润它们干渴的“身子”。不久它们又会像割过的韭菜，齐刷刷地长出新绿的叶子。冬天如果没有大雪纷飞，它们会一直常绿到翌年，春天继续孕育着新的花蕾，夏天绽放出新的花朵，像黄色的蝴蝶纷飞在绿色的草地上。

雄黄兰的花朵呈红、黄、橙三色。花朵隽秀而清香，像一位害羞的姑娘，腼腆地低垂着头。如果你想拍清它们的真实相貌，必须俯下身子，端着相机或手机往上拍才能看清它们的容颜。在每年的六七月份，一串串橙黄橙黄的花朵很谦逊地开在我家的露台上。仔细地端详着它们，我就会想起沉甸甸的稻谷或麦穗，它们总是感恩地向大地致敬，谦虚而低调。

雄黄兰虽然带有“兰”字的名字，却与墨兰、剑兰、蕙兰、蝴蝶兰、春兰等名贵兰花不是一个家族的。雄黄兰三年左右换一次盆，来年长得更好。像我这懒惰之人直接往上加土，它依然花开不断，让我好生感动。兰花系列的植物买回来时抽穗开花很是风光，如果养兰不是很专业，既不换盆又不施肥，第二年保准让你大失所望。心情好抽一根穗；心情一般，既不长也不死掉，看上去像亚健康的病人；心情不好直接变成腌菜一般，棕色的叶子已经没了生的气息了，只能拔出来当肥料使用。这么多年我已经没有了耐性养各种名贵而又漂亮的兰花，对吊兰、雄黄兰倒是情有独钟。直接栽在土壤里的雄黄兰显得更高大葳蕤，花期可达两三个月，婆婆每年春天都会将它们分享给左右邻居或亲朋好友。我们村都快成为雄黄兰之村了。

一盆花，一棵植物，在亲人邻里之间传递着亲情、友情。喜欢莳花弄草的我，很乐意行走在大自然，采撷芬芳的花朵、灵动的植物，回来悉心培育，然后其乐融融地分享给身边的亲朋好友。

闲拾瑞香

瑞香是一种集姿、色、香、韵于一身的吉祥花，它分成瑞香和金边瑞香两种。金边瑞香就是叶子的周围镶了一道金边，闪亮闪亮的，给花儿更加衬托了喜庆的气氛，留下了“牡丹花国色天香，瑞香花金边最良”的吟唱。临近春节，市民纷纷抱着它们回家，花香伴酒香，为家中温馨而愉悦的气氛添彩。花店老板说金边瑞香还有富贵的寓意，代表着瑞光常照，为家人带来福气和财气。我想这都是一种美好的心愿而已，福气和财气还是要靠智慧和汗水来获取。我明明知道它们可以扦插而活，还是忍不住一个月之内买了两盆，买的都是金边瑞香，比普通的贵二三十元，“吝啬”的我是很少这样的，可想而知我是多么的喜欢它们。

第一次见到瑞香，是在江西萍乡市作协的一个笔会途中。在一个走廊上我似乎闻到了一股淡淡的清香，仔细搜寻，原来一盆墨绿墨绿的叶子丛中托着几颗雅致的外紫内粉的花儿悄然绽放，我忍不住停下来看了个究竟，一个大花团由十多个小花朵组成，小花朵由四片花瓣组成，整体类似于绣球花的组图，但相比之下只有绣球花的十分之一大，小花朵未开时看起来都是纯紫色，绽开后外面是紫色，里面是粉白色。

用手机识花软件一拍，瑞香，多么有趣的名字。我猜想这个“瑞”

字与江西革命老区有关，江西有个瑞金市，于是向江西爱花的文友打听，他们说金边瑞香是南昌、赣州市花，江西赣州的大余县是全国唯一的“中国瑞香之乡”，栽培金边瑞香的历史已逾千年。据宋代文史记载：江西庐山有一位老和尚坐在庙后右边板凳上入定，迷迷糊糊在睡梦中闻到一股奇异的香味，非常强烈，于是带着一股好奇而喜悦的心情去四周繁花草地里去寻找，终于找到了一株浓叶香花，将它小心移植在盆中，奉供于佛前，取名曰“睡香”，不久春节将至，花香不减，敬佛者益多，四方奇之，咸谓之老佛所赐，乃一年祥瑞之兆，遂改名瑞香。后来经过漫长岁月的人工培植实验，培育出了叶缘镀金边的金边瑞香。

这么一种奇特的而又入平常百姓家的中国传统名花、世界名花，让我对江西好感倍增，心中憧憬着何时休假一定前往“中国瑞香之乡”饱闻花香、畅游山水。现在大地回春、万物萌动，一片生机勃勃。每天我会前往露台三五次，久居室内的金边瑞香已被我移居露台上。一盆在春节后两三天花儿已全部绽放，正疯长着新的叶子和枝条，新叶子清新草绿，老叶子呈墨绿色，枝干赭石色，美中不足的就是叶柄粗短，看起来没有玉树临风的范儿，也许是栽植的时间太短，还没有长成高大魁梧的瑞香树。不过这并不影响我对它们的喜欢，不开花只观叶就让我觉得挺美好了。另一盆正在开着紫白的花儿，颜色特别淡，缘由是放室内太久，没有吸收足够的阳光。阳光、空气、水、土壤对大部分植物生长来说都是不可缺少的要素，要想花养得长久、开得夺目，缺一不可。瑞香的花期从孕育花蕾到花儿完全“谢幕”可达两个多月，在寒冬腊月、春寒料峭之日，瑞香真的是陪伴我们居家的好生灵，难怪宋代诗人王十朋赞瑞香花：“真是花中瑞，本朝名始闻，江南一梦后，天下遇清芬。”宋代诗人杨万里留有瑞香诗篇十多首，其中，“老子观书倦，昏然睡思来。梦中谁唤醒，牖外瑞香开。只道花头细，能追国艳回。殷懃伴幽独，渠与一瓶梅。”这一首是我最倾心的，还有诸多文人墨客吟诗作画对瑞香进行了赞美。瑞香虽然不能言语，但它们的精气神鼓舞着你。

在边养边学的过程中，我的内心还有一个担忧，有一盆是我从花店搬回家后换了古色古香的花盆、添加了肥沃的菜园子土壤栽种的，不知里面隐藏了小蚯蚓没有。冬天的蚯蚓冬眠了，粗枝大叶的我是不会注意到的。据科普知识介绍，瑞香的根茎具有香气，最怕细菌，特别是怕蚂蚁、蚯蚓蚕食，就算有也会让你一时半会儿瞧不出来，表面上长得光鲜水灵，等你揭开土壤里的根茎一看全吞食了，大有迅雷不及掩耳之势。

看来做任何事情，也如同养花一般，先得做好充足的功课，将任何风险防范于未然。我想楼下才接手的花店老板肯定也不懂这些知识，买之前丝毫没有提醒我这一条养瑞香“致命”的知识点。我想等第二盆瑞香的花瓣完全飘落时，一并将它们重新换土换盆，用消毒土壤或砸碎的大蒜头埋在盆土内让偷食它们根茎的“家伙”无藏身之地。近期养植两盆瑞香，让我长知识了，它们之所以名贵，这或许是缘由之一。

还有瑞香不能“一曝十寒”。夏天不能天天曝晒，春秋冬可以天天与太阳相拥在一起，越晒花开得越大，颜色越鲜艳，金边越锃亮。瑞香怕水淹也怕寒冷，冬天将它们搬入室内即可以安全过冬。瑞香全身都是宝，根、茎、叶、花均可入药，茎皮纤维可做造纸原料。我想尽心尽力将这两盆金边瑞香养好，还准备利用它们的枝条扦插好几盆分享给花友呢。

茉莉花香

很小的时候就常常听到“好一朵美丽的茉莉花，芬芳美丽满枝椏，又香又白人人夸……”的歌曲，几乎人人都能唱上那么一两句。在物质生活贫乏，精神生活也不富裕的年代，能够在收音机、录音机里听几首流行歌曲已经很惬意了，哪有条件和闲情逸致去莳花弄草。

第一次对茉莉花产生浓厚兴趣是因为在同事姐姐家看到一株五彩茉莉花，她说是她儿子在网上买的，连续开了好几年花，有红的、蓝的、粉的……一株茉莉上开了好几种颜色的花，它们叫彩色茉莉。可惜茉莉枝条渐趋枯萎，我建议他们赶紧扦插，否则以后就难免“全军覆没”。我顺便剪了三根小枝条，回到办公室将两根插在花盆里，一根用水养起来，可惜没多久，花盆里的两根没有活过来，水养的倒发了新芽，一副即将“传承后代”的架式让我很是喜欢。我悉心呵护着，在水里滋养了一年多，不好也不坏，我耐不住性子了，将它带回家栽到花盆里，期盼它能吸收土壤里的养分，迅速开枝散叶。可惜事与愿违，它终于没有多少光阴就“香消玉殒”了，让我好生懊恼，关键是再也没有见到哪里有彩色茉莉了，连百度上也没见到。

第二次养茉莉花，是一位绘画文友赠送我的一株白色茉莉花，我将它放在露台上“吸天地之灵气，收万物之精华”。在当年五月份的时候，枝头次第开满了洁白如雪、香味芬芳的茉莉花，我将它们直接用温开水泡着喝了，花开完了，剪下距花朵二十厘米远的枝条。据专家说这样能够促使新枝再发更多的花芽，下一轮花开得更多更旺。茉莉花连续能开三至四个周期呢。将剪掉的小枝条去掉多余的叶子，小心翼翼地插在泥土里，大部分又能长出芽抽出枝条来，这样我又培植了好多盆小茉莉花苗子，将它们分别赠给了同学朋友亲人。

早几年去湘西吉首大学听雪小禅老师讲课，在那个古朴而简约的城市我认识了鸳鸯茉莉。初开为紫兰色，渐变为雪青色，最后变为纯白色。由于花开有先后，在同一株花上能同时见到紫兰色和白色的花，又因其有茉莉香味，故名双色茉莉。花朵大于传统的茉莉花，花型也有不同之处，叶子大小形状也不同于普通的茉莉花，同样可以扦插成活。同事姐姐看我喜欢养花，特地为我送过来一盆，今年夏天开得可热闹了。我将开过的枝条剪下来，扦插在一个小盆子里，天天浇水，隔几天施肥，现在长得已经很有“型”了，准备赠给喜欢它的人。

茉莉花喜温暖、湿润的环境。“满园花草，香也香不过它”，不但香且对人类身体大有益处，《本草再新》：“解清座火去寒积，治疮毒，消疽瘤。”在中国的花茶里，茉莉花茶有着“可闻春天的气味”之美誉，多饮可“去寒邪，助理郁”的功效。怪不得老公说我浑身散发着“草木香”，非常感谢家人对我的宽容与呵护，让我这位“厨娘”常常没了用武之地，少了“油腻”和“烟火”之气，纵容我“拈花惹草”。

“清兰花，浊茉莉”，可见茉莉十分喜欢肥沃的土壤。清淑柔婉，惹人怜爱的形态，如南宋诗人刘克庄《茉莉》里写的“一卉能熏一室香，炎天犹觉玉肌凉。野人不敢烦天女，自折琼枝置枕旁”。这么美的意境让品着茉莉花茶的主人感慨万千……

种昙花

那是十年前，带着儿子去了长沙著名油画家萧沛苍、儿童画家蔡皋夫妇家。他们家楼上有个空中花园，楼下也摆满了各类植物，让我们看得欣喜若狂，第一次看到这么钟爱植物的一家人。从那时起我的心里就有了梦想，以后我的新家也要像“半个植物园”样的。蔡皋奶奶见我羡慕的神情就知道我也特别喜欢花草，很大方地赠给我一株长势茂盛的昙花，我第一次知道“昙花一现”的故事原来就是来源于这么一种植物。当时随便一看，只觉昙花的身躯酷似仙人掌，也不知道昙花享有“月下美人”之誉，回去后将它置于三十六户人家共用的房顶上，沐浴着大自然的日月和雨露。第二年阳春三月的一个夜晚，它在我没有任何期盼之下开花了，洁白无瑕，是我见过最美的花卉，可惜几小时后花瓣就“关门谢客”了。第二天晚上又悄悄地开了一朵，第三朵的花苞日渐丰盈，可惜好景不长，待我准备欣赏第三朵花蕾的绚烂时，花盆不翼而飞，可怜的昙花瘫软在地上。原来是被小偷看中了漂亮的瓷花盆，只是他不知品味昙花的美。我再也无心在这个并不属于我自家的领地养花种草了，将昙花带回株洲记不清栽哪里了，反正没有很好地让它成活下来。

第二次有种昙花的想法是欣赏了中国作协会员、株洲市美丽的作协主席万宁女士写了一篇《寂寞昙花半夜开》的散文，那种视觉美的意境、味觉美的冲动，再一次燃起了我想拥有昙花的欲望。于是在微信上和主席留言，想从她那分享一丁点儿回来种植。主席很是有心，分了好大一棵昙花枝条委托文友开车送给我。我信心满满地将它们种在我家的露台上，耐心细致地浇水、除草、施肥好几个月，它们很快就适应了新环境，叶子长得油光发亮，一副生机盎然的气派。天公不作美，前年一场大雪将它们扫荡得无影无踪，让我好生懊恼，归根结底是我粗枝大叶的性格葬送了惹人钟爱的昙花的生命，昙花是害怕暴冷暴热的，应该在风霜雨雪未来之时做好防寒防冻的准备。从那以后我总结了经验，种任何植物，首先熟悉了解它们的生长习性，是喜阴喜阳？是嗜水还是宜干？什么时候适合施肥、换盆？一棵植物就是一个世界，我们要想和它们做朋友就要深入学习它们的科普知识。

去年春风拂动之日，在邻居姐姐的微信里瞧见她晒自家昙花开得多么妖娆的美图，好的东西总是让人心动，我再次萌发了种昙花的热情。邻居姐姐第二天一大早送了一株很有生命力的苗子放在我家门口，打电话告诉我。当我打开门，见躺在地上枝繁叶茂的昙花苗子，心头热血涌动着，“远亲不如近邻”的谚语常常让我感慨，迅速将其栽入古色古香的花盆中，将它放在柠檬树的下面，不过于暴晒，也不缺少阳光的温暖。三四个月的光阴转瞬即逝，昙花在老枝条的两侧生发出了两片嫩嫩的叶子，粗看像两张蜡染的绘画纸，细看像即将要融化的薄薄的浅黄色的冰块，生机勃勃的模样让我每天心生欢喜与怜爱之情。

去年初冬当气温骤然下降时，有了一定种花阅历的我，赶紧将那些怕冻的花草收入室内，置于阳台、露台外的雨棚下，将外阳台的门虚掩着，为它们挡住一些寒风冷雨的侵蚀，期盼来年能见到昙花展现美姿秀色，散发素净芬芳。一份辛劳，一份收获，数次失败，一次成功。只要心中有花，芳香定能满怀。

广州来的龙吐珠

今年“五一”长假，和老公去广州走亲戚。在堂姐家待了个把小时，见她阳台上摆着几盆花草植物，一盆正吐着芬芳的四季桂，一盆叶子酷似三角梅的植物，叶片和叶脉有几分像，枝条一点也不像，似藤本植物。三角梅的枝条属于木质的，我在形色软件上一识别，龙吐珠，多么吉祥喜庆的植物名字，更让我开心的是它能够扦插而活。我和堂姐说折两三根枝条回去试试。折下来马上用矿泉水瓶盛点水滋养着。

回家后，放下行李，第一件事就是把它们这些远道而来的客人安顿在合适的位置。找了一个淡绿色的空花盆，将它们扦插其中，压紧土壤，浇上一勺清水让它们慢慢孕育根须。一般扦插植物都会置于阴凉且有散射阳光处，让它们不会被太阳晒伤回不了神，且又不缺阳光的沐浴。

莳花弄草是一门修身养性的艺术，要有耐心的培育、辛勤地浇灌、承受静待花开的寂寞。扦插植物是很有成就感的事情，短期的，当年扦插数月见成效，如月季、玫瑰、长寿花、木槿花、龙吐珠等；长期的两三年还见不到花的影子，如山茶花、幸福树等。看到龙吐珠发芽、长叶了，我的心情倏然喜上眉梢，那种喜悦之情有如自己考试过关一样。它红白颜色相互映衬的花朵仿佛就展现在我的眼前。

喜欢花草植物的人，每一棵生灵在他的心中都是一块宝，正如佛语所说，“青青翠竹皆是法身，郁郁黄花无非般若”。我像呵护自己小孩一样“疼爱”着它，隔三岔五浇水施肥，每天看着它在努力地生长着，没两三个月，个儿竟高过了我，网上资料说花期为每年的三到五月，我想也许温度合适它还会开花呢。心里憧憬着、默想着，在一天浇水的瞬间，终于见到它孕育了花萼，让我“大跌眼镜”，从未见过这么特别的花萼，一排排乳白色的小房子似的，我更加用心地给它们浇水施肥，生怕照顾不周看不到花朵儿的顺利“亮相”。

花期可长了，开了五六个月，花萼先慢慢打开五个萼片，才可以见到五片鲜红色的花瓣，花瓣中间抽出一根红色花柱，柱子末端结成一个球形的红色珠子，像极了从龙嘴巴里吐出来的珠宝，数日后这个珠子又绽放出五朵红色的花瓣，还抽出五根纤细的花蕊。我第一次见到造型这般奇特的花朵，难怪配上了这么高雅有趣的名字，深红色的花蕾从乳白色的“房子”内伸出，壮如吐珠。花开繁茂，其花皆属苞片组成的棱形花萼，像一个个奶白色的“杨桃仔”，在它的尖端的裂口间，吐出五根绛红花，疏密匀称地布满在叶片之上，如同蕴藏生命之火的红珠，吐完一颗又一颗，很有红红火火的象征之意。它喜欢充足的阳光、水分，只是四季都怕积水、夏季防暴晒、冬季怕严寒。看来冬天来了，要赶紧将它们请进屋去，与我的家人们同居一室，欢聚一堂。

说起“龙吐珠”的名字渊源还有一段传奇的故事呢！在十八世纪中叶，英国旅行家科斯·汤姆森去非洲旅游，天天见到黑皮肤的姑娘戴着“龙吐珠花”做成的项链，黑白搭配，很是亮丽。于是携苗回家试种，当时植物学家认为他是第一个发现者，遂以他的名字命名。到十九世纪末期，马里开始经营这种花草，自行改名为“珍珠宝塔”。到了二十世纪初，龙吐珠进入荷兰的国际花市，销量极少，有个华侨工人方福林针对顾客喜爱吉祥的心理更名为“龙吐珠”，结果生意红火。龙吐珠就这样深受广大花友的挚爱，作盆栽点缀窗台、庭院、风景区，因其属于藤状植物，柔韧性很好，适合于造各种图案形状，供游客欣赏拍照。也可种在篱笆、栅栏旁，环绕成数条长龙吐珠的盛况，想想就很美好了。

龙吐珠还是一味中草药，可用于清热解毒，散淤消肿。喜欢花草植物意外收获了这么多的知识，除了赏心悦目，还能让身体更舒适而延年益寿。

地菍花开

雨停天阴，我们小心翼翼地前行在军山林场湿湿的山路上，一路听侯海龙场长对于军山林场的昨天、今天和未来的情况介绍。两边绿得发亮的树木、开得可爱的花儿激励着我们继续行走。在道路中间或树木下面，一丛丛、一簇簇紫得耀眼的匍匐在地上的花朵吸引着我们。花儿绽放在椭圆形绿色的叶子中间，叶子紧紧地贴在地上，似乎低到尘埃里去了。有的花开过，结上了青色、淡紫、深紫色的果子，场长说这叫地菍花，是一味中草药。不知前面是否还有花儿，我们不停地给这种“名不见经传”的花儿拍照。十多分钟我们就到了九十年代兴建的瞭望塔，那是用于察视防火防盗功能的。瞭望塔周围依然开满了地菍花，还有长得高挑的一种叫黄薄荷的植物开出了淡黄色的花，以蓝天为背景拍照，发到微友群，那个美呀让大家一片惊呼声。想要和地菍花合影你必须蹲下身子亲近它，它还是蛮清高的，你不主动理它它才不随便和你上镜头呢？

地菍花，小时候我们曾经看过并且吃过它的果实，吃得满嘴乌黑乌黑的，只是忘了它的名儿就像忘了小学同学的大名儿一般。它又名铺地锦、山地菍、地脚菍等。铺地锦，多么形象生动而有趣味的名字，像地上铺了秀丽的地毯一般雅致。它是一味活血止血、消肿祛痰、清热解毒的中草药，是集药用、观赏和保健于一体的优良地被植物。果实由青变淡紫最后变深紫色，像紫得发亮的珠宝闪烁在山岗上，果肉酸酸甜甜的呈鲜红色，据说是良好的天然红色素原料。这么美的叶、花、果，占有植物欲望极强的我顺手拔了两三蔸，同行的男文友也给我扯了两三棵，我把它们请到我的露台上进行“家养”。

它们还真不认生呢，果然很快适应了环境，“死灰复燃”地回过了神。带着花苞来的顺利地开了花，蔫了叶子的很快舒展开来，还发了些许新芽。热爱植物的我，喜欢品种多而不需要数量多，嗜好观察它们的“生老病死”，然后记录它们，写成文字分享给大伙儿。

五至七月是地菍花开的旺季，生存能力极强。可以扦插、切割或种子繁殖，耐寒、耐旱、耐贫瘠，生长迅速。在河边堤岸、周边地头、山坡小岗、房前屋后均能见到它们的身影，甚至在陡峭的石缝中也能开花结果。

地菍的叶、花、果在不同时期不同的光照下，有不同的颜色呈现，可以用五彩缤纷来描述，而且它的果实营养极为丰富。含有多种矿物质元素、多种氨基酸，天然的补钙食品。没想到它还真是植物中少见的全身都是宝，且特别容易栽培的品种。望着露台上的地菍花，让我不得不想起军山林场的侯海龙场长率领的常年累月驻守在高山上的护林工作人员。他们不就是匍匐在贫瘠土地上的地菍花吗，不求任何回报，奉献了青春和热血。望着郁郁葱葱的林木生长在蓝蓝的天空下，听着各种鸟唱着歌儿栖息在绿树丛中，还有金线蝴蝶、白花蒿、野茼蒿、黄薄荷、臭鸡屎藤开着各自的花儿在风中摇曳，更让人欣慰的是红榉、南方红豆杉、小叶红豆、红椎等珍稀树种在他们的精心培育下正在茁壮成长。侯场长说，看着它们，所有的苦和累、所有的委屈和付出都是值得的。

又到菊花绚烂时

我是从乡下调到县城工作才开始真正喜欢菊花的。单位三个即将退休的男同事嗜花成瘾，几米长的阳台简直成了一个袖珍花园，特别是到了秋高气爽的日子，那一簇簇形态各异、五彩缤纷的菊花惹得我心花怒放，经过耳濡目染的熏陶，我对菊花的钟爱之情也渐入佳境。

小时候读过元稹的“不是花中偏爱菊，此花开尽更无花”的经典名句，菊花凌霜而后凋零的坚贞品格跃然纸上。我们生活在这四季分明的气候中，菊花别具一格的风韵表现得淋漓尽致。最让我感受到菊花生命力强的一个缘由是它能扦插而活，且本年度就能开出灼灼的花来，不管天气多么炎热，把它插在土壤里，保持适当的水分，它均能自个儿表演一回“妙手回春”之术。菊花虽然从春天开始要慢慢等到秋天才绽开花蕾，然后次第灿烂在漫山遍野、农家村舍、居民阳台、广场边缘，让人们在萧瑟深秋时依然能增添些许繁花似锦、花好月圆的好心情。在侍弄中我充满了对花期的向往、美好的回忆。也因为这一爱好，让我和乡村的百姓多了一份沟通，多了一份问候，每当看到人家有我缺少的品种时，我便会向他们“索要”些许枝条，然后回来又赠予一些同事、朋友，让大家一起分享大自然给我们带来的情趣。

菊花的品格高雅。陶渊明的“采菊东篱下，悠然见南山”，堪称千古绝唱。看来在名人雅士的心中菊花便是淡泊名利、宁静致远的象征了。菊花具有与众不同的气质，其种类繁多，花瓣有直直的、弯弯的，花盘有小如远山的太阳，有大如烈日下的葵花。菊花叶子均为绿色系列，颜色深浅不一，但形状各异，有尖形的，有椭圆形的。花的颜色异彩纷呈，有洁白如雪的，有橙黄如金的，有深黑如牡丹的，有淡黄如茶花的，有深红如杜鹃的，有粉红如桃花的，还有最让我喜欢的光泽如一络络绸缎般闪光的紫色菊花。它们在秋日的艳阳下散发着淡淡的芳香，或者在细细的秋雨下展示着各自亮丽的风采，点缀着人们的好心情，看着紫色的菊花我就会想起紫气东来、前程似锦的美好祝福。最让我惊奇的是绿色的叶子中居然绽放了绿色的菊花，去年在云南腾冲的一个美丽乡村，我平生第一次遇见了绿色菊花，它的花盘很是秀气，颜色真是青绿青绿的。最让我动心的是那种惹人怜爱的野菊花，寂寞幽香地绽放在悬崖峭壁、荆棘丛生之中，给寂静的山村带来了几分喜悦，给放学的娃儿增添了几分娱乐，记得小时候我们常常把它们折枝扎成一个个花环戴在头上，那份质朴、那份野性扑鼻而来。今年去延安的南泥湾学习，在山坡上见到了白色、黄色、紫色的野菊花，蓬勃地生长、妖娆地绽放。我用识花软件一一识别，紫色的马兰，黄色的野菊花，白色的狗娃花，都属于菊科系列，都有疏散风热、消肿解毒之功效，马兰还可当野菜吃呢！菊花自古以来就能激起文人才子的思乡、感慨之情，诗人马戴见到菊花就会吟出“念我何留滞，辞家久未怀”；余亚飞的“田边河岸山坡上，野菊丛生花朵黄，处在寒秋时节里，傲霜怒放发清香”；孟浩然“待到重阳日，还来就菊花”的诗情画意；郑思肖的“宁可枝头抱香死，何曾吹落北风中”。种了很多年菊花，确实发现了菊花与其他花儿不一样的品格，难怪诗人画家都将它们作为创作的题材进行吟诗作画。今年我收获了金黄色、橙黄色、紫色、绿色的菊花绽放的场景，它们有的很早就敞开了心扉，有的还正在含苞孕育着呢，花蕾从外表看清一色淡淡黄。打开花蕊才知道其真面目。尽管已是深秋，勤劳的蜜蜂和爱美的蝴蝶与它们相依相伴。

菊花的药用价值极高，全身皆是宝，均可入药，具有平肝明目，消热解毒之功效。日常生活中，我们最常用的食用方法便是将它们配在其他植物里，用开水泡着当茶喝。当今饮茶文化日益盛行，要上一杯枸杞菊花茶，伴上一段古典乐曲，读上一段美妙的文字，幸福之情便酽酽而来。

深秋已至，又到菊花绚烂时。菊花绽开以绚烂，凋零以坦然。

睡莲在我不经意之间醒了

“予独爱莲之出淤泥而不染，濯清涟而不妖，中通外直，不蔓不枝，香远益清，亭亭净植。”读了周敦颐的《爱莲说》，让我十分喜欢莲花，同时更喜欢与莲花有很多相似之处的睡莲。睡莲小巧玲珑、色泽各异、姿态温婉，“清水出芙蓉，天然去雕饰”的神韵一样适合描述睡莲。在一方池塘中远远地见到几盘静谧安然的睡莲躺在清清的水波中，有粉色的、纯白色的、绛紫色的……我们的神情会顿时为之一爽，自然而然地放慢了脚步，大伙儿会“搔首弄姿”地摆出各种形态与之合影。

去年，同事妹妹在网上买了几株莲种，送了三株给我。告诉我怎样催芽，怎样种植，按照她的吩咐小心培植，叶子倒是长得圆润滴翠，就是不见打花苞，让人好生沮丧，但也不忍心抛弃它。总在反省自己是不是侍候不周，肥力不够、土壤不适、水分不多、光照不强？今年换了一个大的容器，依然如故，总见不到它“少女怀春”的样子，我亦没有了照顾的热情，不到炎热的夏天它的叶子却不见了踪影，我依然舍不得扔掉它，想明年再试一试。生于农村的我，节俭惯了。很少去买鲜花、绿植，总是亲朋好友赠送或出差折枝回来扦插，时间久了大家都知道我有这么一个雅性，有什么好品种就会分享给我。

今年入秋不久，楼上男邻居不知从哪里弄来一大把睡莲，说放在有泥巴的水里就行，今年也不会开花了。我按他的吩咐，把它们随手扔在泡沫箱子做的水缸里，里面有丁点儿泥沙，心想：反正今年也赏不了花，就不想花太多心思了，明年再弄个大水缸好生来侍候它们。平时也不怎么正眼瞧它们，箱子里的水浅了，顺便用管子冲点水放里面，延续着它们的生命就行了。去年那株睡莲没怎么浇水，春天照样发芽长叶了，我已见识了它们生命力之顽强。大约过了两个月左右，它们忽然冒出了一朵花蕾凸出在莲叶上方，外形似荷花，如同“袖珍”版的荷花花蕾。一天早上去浇花浇菜时花瓣还是羞答答地合抱着，上午十点多再去时，已经妩媚地绽放了，像一位浴后的美人，又似醉酒后的姑娘，情窦初开。三天后，她们就香消玉殒了，倒在莲叶丛中，几天后就不见了痕迹，而不像残荷那么孤独地摇曳在秋风中让人心生忧郁之情。睡莲持续开了个把月，几乎每天有一朵，有时还会有两朵绽放在与它极为不协调的容器里。“日出而作，日落而息”，是休养生息才能让它持续绽放很多天，而不像木槿花、仙人掌花系晨开晚落。从这不经意的睡莲花开让我深深地领会了“有心栽花花不开，无心插柳柳成荫”的诗意。其实生活有时也如同睡莲的绽放，没有你想象的那么痛苦，很多事情也没有你预测的那么坏，好的事情在你没有丝毫准备时也会悄然而至。

明年，我一定买一个雅致的大水缸，种一大盆“日出而醒，日落而闭”的“水中女神”。记得法国印象派大师莫奈后半生就风雨无阻地守护在池塘边的睡莲旁，观察春夏秋冬，风吹雨淋、日晒夜露中“女神”的各色形态，然后不厌其烦地用手中的画笔描绘出它们的千姿百态，表现同一场景的不同天气、光线下的不同表象，从自然的光色变幻中抒发瞬间的感觉，专注而且持续地以睡莲为主题创作了近三十年。晚年遭受了视力障碍以及妻儿离世的打击，他仍然持续画睡莲且越画越大。一幅《睡莲池塘》成功的巨额拍卖达到了他艺术生涯的顶峰。做一件事情，持之以恒，一以贯之，时间久了便会产生你意想不到的奇迹。莫奈的睡莲故事使我们感受到了艺术与生活的唇齿相依，热爱生活，热爱大自然，它会给你的艺术生涯增添无穷的力量。

木槿花开

一次参加省散文学会的大型活动，在一个企业老板的院子里见到开得娇艳热烈的木槿花，粉红粉红的，也许是《粉红色的回忆》这首歌让我喜欢上了与粉色有关的各种物件，花就更不用说了。“嗜花如痴”的我终究还是没禁得住妖娆花儿的诱惑，在没请示相关人员的情况下便折了枝条。花太多了，大家也都很忙，相信请示了也会同意的。回家立马找了个花盆，将它扦插在露台上，每天小心地浇水，没多久就长出了新叶。

今年初夏出乎我的意料，它们居然鼓出了绿色的花苞，当时我以为看走了眼，心想这么矮就可以开花了，来到我家还不足一年呢。在我的印象中，家门口风光带上的木槿似乎都长成又高又壮的样子才开花。如今，望着开满了花儿的木槿树，让我忆起《诗经》里的美好画面：“有女同车，颜如舜华……”《礼记》中也描叙了“夏至到，鹿角解，蝉始鸣，半夏生，木槿荣”。让你不得不憧憬，闲时能与文友们驾车外出“风花雪月”是多么美好的事情，文人们美好的灵感都是在旅行之中激发。

白居易有诗“槿枝无宿花”，李白有诗“芬荣何夭促，零落在瞬息”。可见，木槿花朝开暮谢。李商隐也有“风露凄凄秋景繁，可怜荣落在朝昏”

的叹息，这是古代文人心中的木槿花，带着伤逝的美，在那物质经济贫乏、交通信息闭塞的年代，难免文人墨客天天“借酒浇愁愁更愁”，而我们丝毫没有了“林黛玉葬花——自叹命薄”的忧郁情怀。在当今这繁华盛世的年代，我们认为花开花落的时序更替是大自然不可扭转的自然规律，我们很是看开看透，面对任何艳丽的、纯洁的花儿都是满怀感恩与欣喜之情。

木槿花花开满树，烂漫如绸。它给人以阳光喜庆的美好情绪，还可以给人们当作味道可口的美食，福建有“面花”“花煎”的美食，它们就是以木槿花为原料之一做的。还可以制作木槿姜茶、木槿花豆腐羹、肉丝木槿花……怎么搭配感觉都是新鲜的美食。近期我摘了几朵煎土鸡蛋吃，那种清香、那种别有一番的韵味让你回味无穷。

绵密茂盛的木槿花，一朵花凋谢后，其他的花苞会次第开放，它这种世世代代生生不息的精神，又被人们誉为“无穷花”。它只需一点贫瘠的土壤，任你置于大自然的哪个角落，偶尔有点阳光和雨露的滋润，它们便呈现出花开不败、花开不尽的势头来，生命力之顽强让我不得不为它们点赞，我们生活中许许多多的黎民百姓是不是与盛开的木槿花儿有相似之处呢？

忍冬花开花谢

忍冬又名金银花，“金银忍冬鸳鸯藤”，金银花花蒂并生，绽开的花朵总是成双成对，好像鸳鸯对舞，鸳鸯藤之名就这样而来。忍冬，是因为它面对严寒而不畏惧，枝叶依然常绿而不掉落，寓意它坚忍地熬过寒冬，迎来春天的绚烂。忍冬花初开为白色，几天后渐成金黄色，黄白相映，似金若银，故叫金银花。这名字听来确实有点俗不可耐，艺术家常说“大俗即大雅”。现代科学技术日新月异，忍冬花已经出现了紫色的，说不定哪天还会出现红、蓝等颜色，所以金银花的学术名叫“忍冬花”更为专业和有包容性。

从小就知道金银花可以泡茶喝，小时候仅在山上看过、采过，攀附在茶籽树、蔷薇树等杂树上。工作之后，尤其近几年，在人家的亭台楼阁、房前屋后均可见到人工栽植的忍冬花，它的花形俊秀淡雅，味道清香扑鼻，它那形神兼备的美吸引了我忍不住要在露台上种一株。

常常步行在城效外，一次偶然的机会，发现一位农户家种了一棵，为了喜爱的植物，我的嘴巴特别甜，“叔叔阿姨，在你们家弄几根金银花枝条回去插啊？”“好啊，你自己折吧。”望着茂盛的忍冬花枝条噌噌地往上长的气势，我也只能折上两三根有点老的枝条，不好意思多折，怕人家说，你咋贪得无厌啊。第一次没插活，让我郁闷了些许时日。第二次我依然脸皮厚厚地开口，又折了三四根，回家用一个高高的花盆把它置于主卧室的窗台下。窗台上有哥哥帮我做的不锈钢雨棚，可以避免过于暴晒或过于寒冷，一个星期就能见到有的枝条上冒出新芽，有的半个月出芽，有的干枯了再也不出芽。发芽了、长叶了，可用长势喜人来形容，我有意识让它们沿着不绣钢窗格子往上长，两年不到它们已经爬到最顶格了，已经冲到了雨棚，因场地的限制，只能委屈它们了，用“节外生枝”来描叙它们的横向生长很形象。第一年开了很少的几组花儿。

今年是第二年，忍冬花枝条几乎蔓延了整个窗格子，花开了十天半个月，估计有两三百朵花。每天从床上爬起来，我就会去窗台前给它们补充“营养”，大部分时间是让它们喝点清水，三四天上一点自制的“有机肥”。毕竟花盆太小，里面的营养供不应求，只好每天补充。有时没忙过来，它们的叶子便会呈枯萎状，让你看着好生心疼，赶紧放下手头的活儿，“招呼”着它们，不多久，它们便恢复正常的绿叶形状。大部分植物都是有灵性的，你待它们好，它们立马回应给你好的“容颜”，用“厚德载物”来形容人与植物的关系恰如其分。

盛花期，我每天早晨给它们“养料”后，就会拿出手机拍照，拍完照开始摘花。按营养成分，未开的花蕾好过已开的，我舍不得将还未绽放的花蕾泡茶喝。觉得一朵花极像一位美少女，喜欢它们展示优雅的身姿，等到快自然凋落时才轻轻地剪下来，才觉得它们不愧于“曾经美丽过”。花摘下来用凉开水稍洗一下，然后用八九十度的开水浸泡，一刻钟后就可饮用，水中带着清香，那种感觉比喝干花泡的茶更过瘾，更有泥土气息，更干净和放心。将忍冬花的整体照片和单独的花儿放大照片以及自制的花茶晒于朋友圈，大伙那个羡慕嫉妒呀，好在我乐于欢迎大家来分享花茶或赠送枝条回去扦插。

如此钟爱忍冬花，是因为它有减肥功能，“久服轻身，延年益寿”，具有清热解毒、凉血化淤之功效。早在三百多年前，我们祖先就开始用它防病治病，被大家奉为上等良药。忍冬花全身都是宝，难怪它的花语是“全心全意把爱奉献给你”。

忍冬花特别容易种植，喜阳、耐阳、耐干、耐湿、耐寒，且无论山坡灌丛、乱石土堆、山足路旁、村庄篱笆边都有它们摇曳的身影。“涝死庄稼旱死草，冻死石榴晒伤瓜，不会影响金银花”，这是农民朋友们给它最高的评价，我感觉它们很难生虫子，种了两年多未见虫子“青睐”。

这么多优点的忍冬花怎么不会让花友们喜欢，今年春天一位文友赠予我开紫色花朵的枝条给我扦插，我也将它们扦插在主卧室窗台下。扦插时让我犯难了，因没有枝叶，枝条分不清倒顺，我灵机一动，将枝条的中间部分折断插入泥土，我想总有一头会有“出头”之日。果然隔了十天半个月，在中间部位长出了嫩嫩的芽子，我的心情可欢快了，想必明年定能开上些许花儿，内心温暖极了。每天如同交了两位豁达开朗、能屈能伸的智慧达人做朋友，早上醒来就能见到神交已久的朋友贮立在我的窗前，每一天就在心情愉悦中开始了，晚上它们又伴随着我进入甜美的梦乡。

葳蕤月季

二十年前在一个乡镇工作，从农民家中弄回了月季枝条扦插在婆婆家的院子里，那一株红色的单瓣月季恣意飘摇在绿荫如盖的院子里特别显人眼目，因岁月的推移，月季花长成了月季树，俨然一棵高大的参天大树，上面开满了秀色可餐的花朵。从那以后只要有机会遇见了家中没有的月季，我都会忍不住折枝回家扦插。至今我已拥有八个品种的月季，大红、橙红、粉红、紫红、玫红、橙黄、粉白、黄白八个颜色；有单瓣、多瓣型的；有高挑型的、有“小家碧玉”型的；常常忙着浇水、拍照、分享，每一棵扦插月季的背后都有一个精美的故事，它们让我知足常乐，使我感恩前行。

记得曾经在一个大型酒店前坪，见到了一种少见的橙红色月季，树形高大，夹杂在其他草本植物中，零零星星绽放了花形俊秀的朵儿。我经值班岗亭工作人员允许，轻轻折了两根枝条，塞入包包内，回来后找了一个“绿萝盆子”插好，没多久便发芽、抽枝、长叶、孕蕾、开花了，让我深深感到劳动带来收获的成就感。成活两三年后，盆栽月季成了大家闺秀，枝条茂盛，花朵儿硕大，一副楚楚动人的模样待字闺中。春天的第一拨花儿开得热热闹闹、簇簇挤挤，也许是蓄积了一个冬天的能量，全展现在这春暖花开的季节了，以后每一个季节的花儿都没有第一茬大而美了。花开十天半个月，有时会将枝条带花剪下，插在花瓶里置于室内欣赏；有时会将花儿编个花环挂在窗前忆起童年趣事；最后将已开花的枝条剪去它的三分之一长，据植物学家介绍，下一次开花会开得更多更勤更大。

在我的印象中，只要阳光、水分、土壤适中，一年四季均可扦插，成活率总有半数以上。可是有一次我去江边一个农家乐吃晚餐，一棵玫红的月季惹得我们满心欢喜，我提出了想折点枝条回去扦插的想法，阿姨甚是大方，砍了一小半边枝条给我。回来后扦插，可惜一根也没成活，至今都没弄明白什么原因，但我心里一直记得那位阿姨温暖的情怀。

被誉为“花中皇后”的月季，具有坚韧不拔的精神，被北京等市定为市花。记得数次穿行在北京的大街小巷，月季花被当作“分离带”隔在公路中央，大红、紫红、橙红、玫红、橘黄的居多。让你随着妖娆的花儿心绪飞扬，心里琢磨着回家后，一定要多种些酷像玫瑰样的月季，常常绽放在我们的眼前。一个城市有高大丛林般的雄伟建筑，如果没有了绿植与鲜花，那将是真正的“水泥森林”。随着园林业的迅速发展，很多城市都被园林工巧手绣得如花似锦，让人很是赏心悦目，很多普通住房的家庭，在几十平方米的房子里种下了“诗和远方”。富有青春活力，花如绸缎的月季成了寻常百姓家的首选花卉。我家有一个超大的露台，刚开始扦插的月季可以置于有散射阳光的窗台上，免得寒热交加受不了。扦插时要将枝条斜剪，接触面大于平剪的面积，叶子仅仅留一片或半片都行。三五天浇一次水，一旦月季长出了五六片叶子，基本上就成活了，然后将它搬到露台上，任雨打风吹、日晒霜寒。室外的月季比室内的长得茂盛得多，花开得大且花瓣厚实，层层叠叠七八层，如果不仔细观察还貌似玫瑰。月季每个季度都开，有的月月开，俗语还将月季叫月月红；玫瑰则一年只开一次，香味浓于月季。

在农村，月季更是有很大的魅力，庭前院下，有的当篱笆使用，长长的篱笆上，月季花像小孩子围成方阵似的，笑脸朴朴，惹得人心舒畅。还有大型的月季花树，开了成百上千朵月季花，大部分颜色是白中带粉，蜜蜂、蝴蝶成群，见到这么壮观的景致很容易让你想起杜甫的诗《江畔独步寻花·其六》：“黄四娘家花满蹊，千朵万朵压枝低，留连戏蝶时时舞，自在娇莺恰恰啼。”看来好的情境是最能激发文人的灵感和诗情画意。每当我行走在广袤的农村里，见到哪家农户种植了月季等花卉，我都会对主人仔细观望良久，似乎觉得主人的品味就是与众不同。在物质生活日益丰富的今天，养花、赏花、写花、展示花成了很多“文青”的嗜好，有花的日子真好。

办公室的牵牛花

牵牛花又名喇叭花，颜色有蓝色、紫色、粉红色、白色等好几种颜色，也有两色夹杂的。在湖南，乡村遍野最常见的野牵牛花，以淡蓝色为多。几处野外人家，常见篱笆上簇拥牵牛花朵，不少农村女娃将其扎成花环，当成头箍戴，寂静的山野因夏天的牵牛花充满了青春的活力。

前年去长沙拜访美术家蔡皋老师时，她赠我些许牵牛花花籽，说开出的花朵是酒红色的。

当时，我将蔡老师赠送的种子种在办公桌的小花盆里，三五天后，牵牛花籽就从花盆内撑开黑色的外衣，长出手指长的嫩苗。同事们纷纷打听这是什么花，十天左右花苗便“抢分”一空，我留着两根回家，没用心栽培，才开三朵牵牛花，花叶便蔫了。

后来的日子，时常听到同事说，他们家的窗台被酒红色的喇叭花热闹了好长一段时间。这些牵牛花花期长、花朵艳，很是逗主人的欢喜，此时的我颇觉失落感，只能听他们分享愉快的感受了，再三叮嘱一定要留几颗种子让我来年再种。

今年年初，一位同事姐姐终于送给我十多粒牵牛花种子，吩咐我种在办公室花盆内，到时她再来拿苗子回去栽，我终于再次圆了拥有牵牛花的梦想。

其实，牵牛花真是很好养的，只需要一点水一捧泥土一点散射阳光，它们便噌噌往上长。今年的我终于有时间花点精力来“伺候”它们。种在办公桌上青花瓷盆里的牵牛花，用窗户的栏杆当攀缘的向上阶梯，它沿着铁栏杆一直往上爬。我办公室的窗户正好西晒。清水、茶叶水、洗杯子水我都往牵牛花上浇，双休日虽无人问津，它依然长得一派葱茏，一点不让我失望。

牵牛花终于在我办公室开花了，它时不时绽放出两三朵鲜艳欲滴、白中带酒红、紫红的喇叭花让我和同事们欣赏。窗台上静静绽放的呈漏斗状的花朵，让我每天的心情都变得美滋滋的。

一朵花在早上悄悄开放，旁晚时蜷缩成一团，第二天依然如此，早开晚收，到第三天时，它便不开花了，它开始集中精力结小果实。没几天，小小的黑黑的果实成形了，据说这果实还可以当中药用呢。

一个小花盆只是种了四五颗牵牛花种子，之后每颗种子都发芽、长叶、开花、结果，不怎么漂亮的阳台因为它们的缠绕而绿意盎然、生机勃勃。

我决定明年继续留用这位“勤娘子”，作为我办公桌上的风景来欣赏。

“一花一世界，一叶一菩提。”办公室的牵牛花，在我疲倦时，望望它，瞬间神清气爽；在我心绪不佳时，看看它，便感恩知足。

山茶花

每当看到茶花就会想起小时候背诵过作家杨朔的散文《茶花赋》，在那信息交通都不怎么发达的年代，思念祖国家乡的情怀如此浓厚，寄情于一株童子面茶花。从懵懂的少年时代，山茶花就在我贫瘠的脑海里酝酿了美好的情愫。

2005 年我去过一次云南大理，被白族庭院的茶花所震撼。素有“云南茶花甲天下，大理茶花甲云南”之说，而“家家流水，户户茶花”的景致也如山水画般美丽着。云南大理丽江一行，姹紫嫣红、灵动飘逸的各色植物刺激着我的感官，回到家乡，养花种草的热情日益膨胀，阳台、窗台、露台、只要能放得下花盆的地方都有我的花花草草，老公说我们家都快成植物园了。冬天，在气温较低的湖南，在天寒地冻、春寒料峭之日依然能绽放花朵的植物少之又少。在我的记忆中只有梅花、茶花、室内的兰草系列。梅花身架子高大不适合阳台和室内种植，兰草系列太娇贵，所以我特别喜欢茶花，山上、庭院、室内……都有她俊美的身影。

茶花又名山茶花，系十大名花之一，因颜色喜庆、花型硕大而备受爱花人青睐。随着物质生活的丰裕，近几年山茶花装点着庭院、别墅和阳台，既可观花，又可观叶、观树型，加上茶花在春节前后盛开，郁郁葱葱的树上挂满了各种颜色的茶花，看着灿烂的她们，你郁闷的情怀一定豁然开朗。从文化内涵上说它是一种吉祥的喜树，浓绿的枝叶间绽放出深浅不一的红色、粉色、白色、黄色、紫色的花朵，大多数花瓣重重叠叠很有厚重感，让人在凄风冷雨中仿佛感受到人世间的温暖之情，我想这也是她被世人喜欢的原因之一。

历代文人吟咏“山茶花”的诗篇诸多，既具有“唯有山茶殊耐久，独能深月占春风”的傲梅风骨，又有“花繁艳红，深夺晓霞”凌牡丹之鲜艳；“道人赠我岁寒种，不是寻常儿女花”“独放早春枝，与梅战风雪”“冷艳争春喜烂然，山茶按谱甲于滇，树头万朵齐吞火，残雪烧红半个天”。还有众多的诗词歌赋赞美茶花，让我这个天生就喜欢花的女人更加爱不释手。

记得我曾经一共购买了三棵茶花。第一棵在我家奉献了两度“青春”后就默然而去，让我黯然神伤、惋惜不已。第二棵一直放在室外吸天地之灵气，小心浇水、施肥，但也弱不禁风，枝叶也不繁茂，花骨朵儿瘦小，给人一种病恹恹、营养不良之感，上网问百度，原来是自己不懂山茶花的习性，不论严寒或酷暑均将其弃之室外，虐待成这个样子。因为是盆栽，盆里的土壤、肥料、水分均有限，容易造成“缺胳膊少腿”的，加上夏天曝晒、冬天严寒，自然没有“雍容华贵”的颜值展现在我的面前。第三棵茶花，吸取了前两棵的经验，买回来置于有“雨棚”的窗台下，不会被凛冽的霜风雨雪侵蚀着，又能接受太阳“散射光”照耀着，隔三五天我就会给它施点自酿的有机肥，唯一不足的是没有用漂亮的瓷花盆盛放着。素朴的山茶花光顾我家快两个月了，终于开始依次绽放她“待孕”的花蕾，激情满怀地妖娆在我家卧室的落地窗台上，让我在倒春寒之日依然拥有“火热”般的情怀；在这烦嚣的人世间，让我拥有知足常乐的处世情怀。一杯茶、一本书、一盆红酽酽的山茶花伴我在阳台，诗情画意的生活场面展现在我的眼前……

时间荏苒，岁月如梭。山茶花会有凋谢的那一天，但我并不伤感，因为每年冬末春初在农村的集镇都会有各色品种的茶花卖，就算自家茶花养得不怎么好，花个几十元，每年都可圆花开富贵的梦想。

南山牧场下的结香花

在湖南湿润而又阴冷的冬天，我们驱车上了南山牧场，能见度五米左右，司机小心谨慎地往上开，同行的帅哥有点害怕地说："我们往回走吧，不去了。"从没来过的我们不甘心，说："慢点走，上去看看，以后来的机会不多。"到了牧场最高处，见到三三两两的奶牛群，有七八个农民在挖浅水沟，说是装电缆线的。往上行走，看到了一个1963年广州军区建的高山红哨，官兵们在艰苦恶劣的自然环境中，投身国防事业，创造出许多感人的英勇事迹。该哨所受到毛泽东主席、中央军委、广州军区的高度肯定，还拍摄了纪实片《高山红哨》《哨所外的风景》，广州军区还新建了兵器广场，现在作为革命传统教育基地进行展示。

山坡中见到了我们读书时课本上所说的老山界边防阵地，一座记录着当年红军的英勇无畏、永不磨灭的历史丰碑，生动地诠释着长征精神。让一直生活在幸福中的我们牢牢记住，今天的好日子，是无数先烈勇往直前，艰苦奋斗的结果。

"横看成岭侧成峰，远近高低各不同，不识庐山真面目，只缘身在此山中。"苏轼的诗现在成了我们疗伤的良药。因阳光不充裕，没有见到郁郁葱葱的南山牧场，让我很是有几分不爽。一路下来，闷闷不乐，同行的两个文友轮流晕车，在她们方便之时，我下车陪护着她们。倏忽间，见到两棵矮墩墩的枝条上凝聚着似花似雾的小树，初看我以为是南山牧场的雪凇，擦亮眼睛仔细看，是花，像瑞香的花蕾，不是高昂着头却全是低垂着，没有一片叶子，我用手机扫了一下，是结香花，这么冷的地方它们竟然迎着寒风而欲绽放，让我倍生感动和欣喜。四周除了空荡荡的房子，连个狗吠的声音也没有，我无法向主人请示了，折下了两根枝条塞进旅行袋中，准备带回家里扦插。至今我是第三次遇见结香花了，它们不但有着诗意的名字，还有着与爱情传说有关的美好故事。我想曾经高山红哨上的士兵肯定也在结香花上给远方的姑娘寄托过美好的相思！那时的时光好慢，一生只够爱一人。

第一次喝结香花的花茶，我还以为是哪个高原地带的野山花，像藏红花样的。可惜那时我真不知道它就是结香花，也不知道它具备养阴、安神、明目、怯障翳之功效，没吃上几次就丢弃了，觉得索然无味。现在知道了，用滚烫的开水冲泡，焖约十分钟即可饮用，加红糖和蜂蜜水口感更好。第二次遇见结香花是在我们家乡株洲的万丰湖，那里生长了成片成片的结香花，它是象征美好爱情的浪漫之树，因它的枝条柔韧性比较好，打一个结便许下一个美好的心愿，永结同心、心有千千结。

结香花又名打结花，梦冬花，喜花。因花在未开之前，所有花蕾都是低垂着的，像是在梦中一样，人们就称它们为“梦树”。冬末春初花期最为茂盛，有点像向日葵的花形，开淡黄或黄色的花朵，用种子或分株繁殖，亦可扦插。像紫荆花、梅花、迎春花、玉兰花、连翘等花一样先开花后长叶。有花开的日子是非常美好的，没花开看着它们的枝条勃勃生机的样子也是很欣喜的。

绽放在寒冬腊月中的蟹爪兰

在湖南冬天开花的品种不是很多，室外的有茶花、茶梅、梅花，梅花要天气晴朗的日子才会开得茂盛，室内的仅有蟹爪兰和花店的君子兰、惠兰等兰花系列，唯有蟹爪兰是年前开了年后还可以继续开的“平民百姓花”。

蟹爪兰因其节径连接形状酷似螃蟹的副爪而得其名，在信基督教的西方国家因其适值“圣诞节”开花故又叫“圣诞仙人掌”。蟹爪兰寄寓为“鸿运当头，运转乾坤”的美好含义，是众多市民喜欢购买它的主要心理，加之颜色鲜美惹人心情愉悦。

蟹爪兰属于热带雨林植物，喜欢温馨而又稍加湿润的环境，平常只要有散射阳光就可以了，每年十一月至来年三月开花，花期长，花价低，一盆也就三十至五十元不等。记得有一年我在楼上邻居家折了三五根枝条扦插，没插成气候，零零星星开了几朵花就蔫了。也许是没用心伺候，仅浇点水，从没施过肥，更没有搬到阳光下沐浴过，而且还是寄存在别的植物盆内，让它们没有很好的“施展才华”的空间。今年看到花店的蟹爪兰已含苞欲放了，内心痒痒的我特地到两个花店分别买了一盆蟹爪兰，第一个店铺生意红火，老板娘人也精明，说三十五元成交还亏本卖呢，我想看看到底这花要卖多少钱，又到她对门的花店买了第二盆，三十元成交。两盆花都带“孕”而来，待我放家中南窗台，没几天所有的花苞全部无声无息地没了，像一个女儿怀孕后肚子突然平了，让我这主人也纳闷了，咋就谢了呢？我想可能没经历过阳光雨露的“洗礼”，于是把它们搬到露台上有散射阳光的植物下面。在露台上待了不到三个月，它们居然又打了许许多多的花苞，粉色的如同星星般闪耀在绿色的枝条上端，有亮煞眼的感觉。一个个渐趋变成饱满型的大大的花苞，有一两个已经开始绽放了，花形挺美的，和仙人掌开的花极似，只是颜色不同，听朋友说它们花开花落可以持续五六个月。

蟹爪兰的品种很多，有橙色、粉色、白色、木黄色，还有粉白混色的，枝条都是纯淡绿色的。蟹爪兰最大的优点是好养易活，又容易扦插。为了它们能躯体高大葳蕤，可以在仙人掌上进行嫁接，高挑的蟹爪兰花又是另外一种美的姿态，花儿以倒挂金钟般的仪态呈现，以后我也想尝试尝试。听说还可被人工调控温度在十月就开花，有需求就有市场，在日本、美国、德国等国家已被批量生产。做任何一种行业都要有梦想，敢于尝试敢于创新，像蟹爪兰一样地开遍大江南北，开遍海内海外。让不同的人群领略它们的美。

开在恩施大峡谷的蜡莲绣球花

当我们进入恩施大峡谷，一路上领略天坑地缝、溶岩洞穴、绝壁画廊等美不胜收的景点时，我已经深深地喜欢上了大峡谷的一草一木、一山一水。个中缘由多半是没多远就能见到蜡莲绣球花静静地开在杂树丛中，开在悬崖峭壁中，开在山谷溪水边。那种让人满心欢喜的整个树的形态、花的馨香、叶的纤美、颜色的喜庆都让你难以忘却，在欣赏中消解了旅途的辛劳。在你腰酸腿胀不想前行时，蓦然前方一簇簇吸引眼球的花儿在呼唤着你，它们就是蜡莲绣球花。

没有家人陪伴，我边走边欣赏大峡谷的美景，最让我流连的是淡紫色的绣球花，每隔一段我都会不自觉地拍上一张美照，不经意间，就结束了大峡谷的行程。难怪有人赞誉恩施大峡谷可与美国科罗拉多大峡谷媲美。我想，虽然大峡谷有万米绝壁险峰，千丈飞瀑流芳，百座独峰矗立，十里深壑幽长、雄奇秀美的世界地质奇观，每一处都美得撩人心扉，但是若没有蜡莲绣球花作映衬点缀肯定会要逊色好几分。我仔细观察了蜡莲绣球花，它是我以前从未见过的绣球品种。我们湖南境内只有红色、粉色、紫色、白色、蓝色品种的绣球花，从没见过这种淡紫红色的花、褐色种子的绣球花。绣球花喜温暖、湿润和半阴环境，怕旱又怕涝，不耐寒。“冬无严寒，夏无酷暑”的大峡谷气候很适合绣球花的生长。土壤的酸碱性对绣球花的花色有较大的影响，在酸性土壤中多呈蓝色，在碱性土壤中多呈红色。看来，大峡谷中的绣球花都生长在碱性土壤中。只不过它们在阳光充足的地方，花的颜色就深一些，那些生长在大树枝叶下和岩石下面的，花瓣几乎变成白色的了，花香淡薄，而且连叶子都暗淡无光。看来，阳光真的是万物不可缺少的营养元素！

我想，千姿百态的恩施大峡谷应该是有意被扦插了那么多的蜡莲绣球花。是为了让大峡谷更美，让绣球花开得漫山遍野，让游人悦目怡神、留连忘返。科普知识不丰富的我，还误以为绣球花是近几年的外来品种，原来在明清时期建造的江南园林中就出现了。二十世纪以来，建设公园、风景区以及家居庭院都已成片栽植，形成了不可替代的亮丽景观。目前已有众多朋友将其作为家庭盆栽进行观赏。

大峡谷的绣球花，与众多叫不出名字的树挨挨挤挤地生长在一起，花儿洒脱地绽放在枝枝叶叶中。也许是年岁已久，树型十分高挑，一般都有两三个人高，枝条也还壮实。不需要像盆栽那样管理得精细，什么换土呀、剪枝呀、施肥呀，避强光照射呀……感觉全是野生的、“靠天吃饭”的类型，处处都长得极为结实和俊秀。

最为遗憾的是我偷偷折了几根短小的枝条装在矿泉水瓶中，落在宾馆的窗台上了。本想来一个湖北的绣球花抛到湖南来，这倒好，这段植物“姻缘”还不知何时能续上呢！

我家的仙人掌花

闲暇之时喜欢莳花弄草，颐养性情。家中的花草有的是自己买的，有的是朋友送的，大部分是自己种的，自己种就喜欢挑一些容易打理的，如吊兰、绿萝等植物。几天浇一次水，一年不施肥，依然能长得郁郁葱葱最好不过了。

那年搬家时，因没买多少花，顺便就从婆婆家带回一盆露天在外十多年的仙人掌，小皮球那么大一颗，大约有五六颗。一晃三个多年头了，家中的花不断增多，绿色植物不断壮大，而不起眼的仙人掌却相形见绌。为腾出更好的空间给那些养眼的植物，我决定将它束之高阁，放置于露天阳台那高高的墙墩上。任它风吹雨打、日晒雨淋，也很少拿正眼望一下，在种菜之余才偶尔瞧瞧它是死了还是活着的。

初夏的一天清晨，我在看花看菜时，几朵白色的花儿迎风摇曳，婀娜的身影闯入了我的眼帘。啊，仙人掌开花了！爬到石阶上一瞧，竟然开了四朵大小相似的乳白色的花儿，每朵有十九片花瓣，花蕊呈米黄色，花团较大，我曾经见过黄色的仙人掌花，但从未见过这种形状的花。顿时，一种内疚之情油然而生，赶紧把它从高墙上抱下来，用手机拍了好几张照片，然后上网查询了仙人掌的一些资料，学习以后怎样来呵护它，以便让它开出更多灼灼的花朵，点缀我平淡的生活。

仙人掌花，花形和昙花极像，但花期稍长，有两三天，闻起来有淡淡的香味。看着这么美的仙人掌花，心情倏然开朗。和植物相比，我们拥有可以思维的大脑，具有移动的肢体，每天过得精彩而丰富，还有什么怨天尤人的理由呢。翻阅着仙人球、仙人掌这类植物的资料，感觉它们拥有值得我们人类学习的诸多优点。现实生活中也让我见识了一朵神奇的仙人掌花，前段时间一次下班回去浇菜浇花，无意中发现早上长到一根手指长的仙人掌花苞不见了，仔细一找掉落地上，一看就知道是粗心的我不小心晃落了。拾起即将绽放的花蕾，好生心疼，我试着将它插在有水和泥土的睡莲盆里，看能否圆了它最后一个心愿。一大早起来，果然全开了，遗憾的是被滑滑虫当成早餐了，吞噬了好几片叶子。仙人掌系列植物生命力之强大让我可亲身感受到了。这盆仙人掌置之室外好多年了，耐寒耐旱耐贫瘠，每年或两年开一两次花。花盆里，仙人掌上长的小黑点就是在孕育花蕾。花蕾大小不一，按照大小顺序次第开放。一次花期也不会超过十天。

在这人世间，凡事不要强求，顺其自然，未必不是好事。任何事情均有两面性，想当初若把仙人掌置于室内呵护，不让它接受春风夏阳秋雨冬霜的洗礼，恐怕难以见到它如此婀娜多姿、如此绚烂的花容了。

“有意栽花花不开，无心插柳柳成荫。”几朵花让我感怀，让我抒情，让我冥思，甚至改变了我的人生态度。好好生活，珍惜生活，向仙人掌一样适应和忍受各种艰苦的环境，“吸天地之灵气，集日月之精华”，茁壮成长，温润内心，这样才能开出令人悦目的心仪之花。

梅花开了一茬又一茬

过年前，寻思着买两盆喜庆的花儿，增加家里的吉祥气氛。于是在市里的花市逛了一下，买了一盆含苞欲放、疏影横斜的梅花，几十元一盆的梅花顺带赠了一盆仙客来，带回家我将它们搁在稍高的花盆上，与长春藤、幸福树毗邻而居，因为家中的花草植物太多，没有单独给它们设置空间摆放着。

喜欢花草植物几十年了，平时买花的次数不怎么频繁，大部分都是扦插、友人赠送或捡拾别人遗弃尚未夭折的花草来玩玩，几个重大节日才会去附近的花店逛逛，挑一些平常不曾养过的花来养养，有时观察一下它们的生长习性，琢磨一下它们的“喜怒哀乐”，性情愉悦时写写它们的前世今生。这几年工作之余也写了几十篇，今年准备集结一本《花语草韵》来感谢生活给予的馈赠。

梅花来到我家以后，好几天都不曾有多大变化，一眼看去也就大小花蕾依次缀满在赫色的枝条上，红红的花苞像绸缎样地紧紧包裹着。大约十天半个月，一颗颗花蕾悄然次第绽放，像情窦初开的少女撩开面纱，红色的面容像婴儿的脸嫩嘟嘟的，黄色的花蕊镶嵌在大红色的花瓣之间，隔那么一点距离排列着一朵，或大或小，散发着淡淡的香味，让我不禁想起王安石的诗：“墙角数枝梅，凌寒独自开。遥知不是雪，为有暗香来。”这让我畅想在那大雪纷飞的漫山遍野的山坡上，白的红的梅花竞相怒放，一幅幅诗情画意的美景舒展开来。毛泽东主席的“俏也不争春，只把春来报。待到山花烂漫时，她在丛中笑。”面对如此雅致的红梅树，我心生愧疚，赶紧将它放置在一个高挑的红木凳子上，“好马配好鞍”，让它顿生几分贵气。过年了，我们外出一个星期，只为它浇了一碗清水，门窗久久紧闭，回来之时它依然安然无恙，越开越红火。“花开富贵”“竹报平安”是我们心灵深处都想要的祝福。回家第一件事就是赶紧打开窗子通风换气，让花草植物也来呼吸新鲜空气。湖南的春天乍暖还寒，梅花好像已经适应了我家南阳台的光线与热量，熙熙攘攘地开个不停，好不热闹，持续一个多月终于告一段落，整棵树仅剩几颗孤零零的小花蕾悬在枝头上，估计已经没有了释放的能量，已已开的花瓣有的纷纷下坠，有的开始萎缩。让人心生愉悦的是绿绿的叶子已经渐趋冒了出来，这就是生的希望，我将它放在一个大型的花盆内，里面盛满很多肥料，为它明年的繁华而添加养料。双休日逛花店时，我的脑海里还是蓄满了梅花倩丽的身影，放眼望去，好几个店铺依然还有含苞待放的梅树，让我好生欣喜，赶紧与老板谈妥，再购一盆颜值比较高的梅树，让它在我家再次展示“梅花渐渐开，春天缓缓来”的诗情画意。

随着科学技术的发展，各种花卉开放的时间、花卉的颜色、甚至花卉的造型都可由人掌控。当今人们过着物阜民丰的幸福生活，有着浪漫情怀的人春夏秋冬都能拥有清芬四溢、妖娆多姿的花儿。只要主人有爱花赏花的嗜好，花儿都可开得像我家的梅花一样一茬又一茬。

有花开的日子真好。

遇见万维莎睡莲

自从居住在有露台的房子，就开始尝试种植从没沾过边的植物，楼上邻居刘总夫妇也是一对“拈花惹草”的神仙眷侣。刘总时不时给我送来一些新奇植物让我体验一下，前些年他送我的一棵睡莲开了两朵花，在大雪纷飞中“陨落”了，去年他又从老家特意剥离出一棵不知名的睡莲叫我养着。

没打算长久居住在这的我，舍不得购入高档容器，依然用最廉价的泡沫箱当作水缸，箱里随便放了一点泥土当作它的“河床”，在我的印象中，睡莲是很“贱生贱养”的植物，只要给它们适当的底土和水，有足够的阳光照射，它们就能花开花落了。

在春天，满大街小巷都是卖小鱼小虾的农民伯伯，我还买了五条小鲫鱼放在里面，后来死了两三条。偶尔无事时，静静地观看长满了叶片的睡莲箱时，还能看到小鲫鱼在里面弄得水泡泡直冒的情景，让我好生得意。一次清洗厨柜发现买的干莲子生虫了，洗晒之时，将被虫蛀下的莲子粉末倒入池中，本来想可以让小鲫鱼尝尝新鲜食物，没想到第二天，两条小鲫鱼就“翻白”了，让我好生郁闷，是吃撑了吗？睡莲丝毫没有受到影响。到夏之初，它依次含苞孕育了两朵睡莲花蕾，两次花的颜色各不相同，第一次淡黄色，第二次深红色，中间的花蕊都是橙黄橙黄的似乎没有什么区别，让我好生好奇，按道理说同出一棵苗子，花的颜色不应该有变化啊。我将它们发给广州二十六岁的睡莲专家李子俊小伙子，他说这种睡莲叫万维莎，后来我了解原来万维莎曾荣获“耐寒性睡莲新品种冠军”“睡莲新品种总冠军”两项桂冠。那一刻，感觉自己喜从天降，如获至宝。

前段时间我正纳闷为何再没看到它们冒出新的花蕾时，我想很可能是太缺乏营养了，于是加一些土壤和肥料给它们补了补“身子”。过了几天它们果然探头探脑地又伸出了两枝花蕾，不久它们竟毫无羞涩地彻底绽放了。一朵橙红色中带着些许黄色的辐射状条纹，如佛光般散射的花朵，一朵橙红色带金黄色光泽的花瓣中来了三小片淡黄色，真是让我大开眼界，从没见过这么美的睡莲。我曾经陶醉过北京后海婀娜多姿的睡莲、杭州西湖三潭印月中的“池中仙子”、广州植物园内好几处的睡莲、湘西吉首乾州古城内的睡莲、还有我们株洲很多景观池内的睡莲……它们都只是红、黄、蓝、紫、粉、白色中的一个单一的品种，我几乎没看到混色的。可是万维莎却有着“百变女王”的称号，花色变化无规律可循，即便是同一种花，其花色多变，有可能是金黄色、橘红色、紫红色、粉红色等，花瓣上面还有可能出现乳黄色或淡白色的辐射状条纹，一株同色，一株多色，一花多色都有可能。最让人开心的是它们是耐寒性睡莲，难怪去年没怎么替它们御寒，它们能安然无恙地越冬，让懒惰的我今年仍然能见到它们娇媚的姿容。

睡莲花迎着朝阳冉冉升起打开它们羞涩的身子，午后随着阳光慢慢下山而渐渐闭合它们的容颜，这样重复最多三至五次，那几天我在疫情值守，仅有幸见到了它们开得最灿烂的一次。幸亏几次开花都拍了照片，想想明年还能再次开花，也就没有那么多遗憾和多愁善感了。

在我们湖南耐寒性睡莲花期较长可以延续到十月份，掐指一算还有几十天，好生善待，期待着它们再次开出五彩缤纷的花儿来，也期盼着它们长出更多的侧芽来，明年春末夏初时我能送给更多喜欢花的好友们。